義母は未亡人アイドル

桜井真琴
Makoto Sakurai

三交社 文庫

目次

※この作品は艶情文庫のために書き下ろされたものです。

第一章　いきなり、アイドルが母親に？

1

去年のことだった。

「おまえ、橋本明日香《はしもとあすか》ってどう思う？」

いつもの朝食をとっているときだ。

大学の准教授で、とにかくカタブツの父親が、そんなことをいきなり言いはじめたから、大学で学生たちに何か言われたのだろうと、健一《けんいち》は思った。

「珍しいな。親父《おやじ》がアイドルのことを話してくるなんて」

「人気あるのか？」

「まあね。地方でアイドルしてたら、ドルオタが目をつけて。それを動画投稿したら一気に口コミで広がって、あすりんって呼ばれてんだよ」

健一は納豆ご飯を飲み込んでから、基本的なことだけ教えてやると、父は分厚い眼鏡《めがね》を指で押しあげながら、

「へえ。あすりん、か……確かにそんなこと言ってたな」

と、感心したように言う。

「名前くらいは覚えておいた方がいいよ。大学生の男なら、みんな知ってるからさ。グラビアやりつつ、ライブとかもしてるし。かなり人気だよ」

「いや、名前は覚えているけど……しかし詳しいな、おまえ。ファンなんか？」

父親が新聞を置いて訊《き》いてきた。

「へ？　そ、そんなワケないだろ。それくらいはみんな知ってるって」

と、返しつつ、健一はまた納豆ご飯をかき込んだ。

ウソである。

本当はあすりんの大ファンで、ライブにも何度も行っている。

動画サイトのお気に入りは、あすりんのイメージビデオばかりで、写真集も保存用と合わせて二冊購入している。

動画サイトで初めて見た瞬間から、もう恋に落ちていた。

ぱっちりした目に丸っこい小顔。セミロングの黒髪が似合う清楚《せいそ》系の美女で、二十五歳にしてはかなりの童顔だ。

だけどスタイルは童顔に似つかわしくないダイナマイトボディで、上から八十

八、五十六、八十五センチという、ボン、キュッ、ボンのグラマーである。
細身で華奢《きゃしゃ》ながらも、おっぱいやお尻《しり》は大きいという、いわば「痩《や》せ巨乳」ってヤツで、男の願望がつまったエロい身体《からだ》つきなのだ。

彼女で何度抜いたことだろう。

それくらい夢中であり、今ももちろんそうだった。高校時代からだから、もうかれこれ三年はファンなのだ。

水沢《みずさわ》健一は、現在大学の一年生である。

母親を中学生の頃に事故で亡くしてからは、父親とふたり、男やもめで暮らしてきた。

家事がまるでできない父親を手伝ううち、掃除洗濯料理と、ひと通りはできるようになった。だから、現在はそんなにふたり暮らしも苦ではない。

大学生になったら家を出ようかとも思ったのだが、家事のできない父親をひとりにしてはおけずに、いまだ実家暮らしなのである。

「それよりな、健一」

「なんだよ」

珍しく、いつも話さない父親が今日に限って話しかけてくる。

なんかあったのだろうか、と思っていると、

「……再婚していいかな？」

「ぶっ、ぶへっ……げほっ」

いきなり言われて、健一はご飯を喉《のど》につまらせた。

「どうした？」

父親が真面目《まじめ》な顔で訊いてくる。

「げほっ。どうした？　じゃないよ。いきなりなんだよ……」

父親を見る。

ぼさぼさの白髪頭で、分厚いレンズの眼鏡にくたびれたスーツ。

真面目一辺倒で、喋《しゃべ》る内容も宇宙の進化とかそんなことばっかりで、研究者としては優秀だけど、人と接するのは大の苦手。

そして、今年五十二歳の立派な中年である。

女っ気なんかちっともない父から、再婚と言われて驚くのは当然だった。

「相手は女だよな、親父」

真面目に訊いたつもりだが、父親はからかっていると思ったのか、本気でムッとしている。

「当たり前だろ。かなり若いけど」

「若い？　いくつだよ」

「……確か二十五かな」

危うく醤油《しょうゆ》を落としそうになった。

「ちょっと待ってよ。それ、娘の年齢じゃないかよ。いやいや、待って待って」

パニックになった。

相手は二十五歳。

自分より六歳年が上なだけなのに、それが義母だって？

「……財産目当てじゃないか？」

冷静に言うと、父は少し考えてから言った。

「いや、俺より稼いでるな、きっと」

「は？」

准教授の父親より稼いでいる？

健一がパッと頭に思い浮かべたのは、風俗嬢だった。

「もしかして夜の商売か？」

おそるおそる訊くと、父親は箸《はし》を咥《くわ》えながらまた、考える顔をした。

「夜もあるかなあ。朝もあるけど。とにかく忙しいらしい」

早朝風俗も確かにある。

健一はさて、どうしたものかと考える。

「とにかく一度、会わせてよ」

父親に似て奥手の健一はまだ、女を知らない。

だけど、少なくとも研究しか知らない父親よりは、女を見る目があるだろうと思っている。

「会わせてっていうか、もう来ると思うんだけどな」

「へ？　こんな朝から？　いきなり？」

そんな話をしている途中で、リビングのテレビにちょうど橋本明日香の笑顔が映った。

「ほら、あれが、あすりん」

言われて父親は振り返り、テレビを見てからまた向き直った。

真面目な顔で身を乗り出してくる。

「落ち着いて聞け、健一。彼女なんだ」

「何が？」

「いや、再婚相手」

「……あすりんに似てるってか？　まさかあ。そうそういないぞ、ここまで可愛《かわい》い子」

「いや、似てるとかじゃなくて……」

と、話をしていると玄関のチャイムが鳴った。

「ああ、来たな」

父親が茶碗《ちゃわん》を置いて、立ちあがった。

（いきなり再婚だなんて……マジかよ……）

新しい母候補がやってくる。

ドキドキした。

中年とか初老のおばさんだったら、頼りない父親をまかせてもいいと納得したところもあるが、二十五歳と言われては緊張するのも当然だ。

二十五歳。

何をどう考えても信じられない。

何か特別な理由がないと、二十五歳は五十二歳と結婚しないだろう。

（でも、別に親父は金持ちってわけでもないしなあ……）

大学の冴《さ》えない准教授である。

暮らしには困らないが、その程度だ。財産目当てってほどの財産がない。

それ以外に魅力があるかと言われれば、わが父親ながら特に思い当たる節はなかった。

(どんなのが来るんだろ)

ものすごいギャルとか、かなり個性的な容姿とかか……？

構えていると、入ってきたのは小柄でスタイルのよい女性だった。

ピンクのカーディガンにチェックのミニスカート。胸元は大きくふくらんでいて、すらりとした美脚と白い太ももに目が吸い寄せられる。

(なっ、すげえスタイル……ウ、ウソだろ……)

色の濃いサングラスをしていたが、小顔で厚ぼったい唇はセクシーだった。

二十五歳と言うが、もっと若い感じもする。

(ん？)

マジマジと見ていると、彼女は笑ってサングラスを外した。

「初めましてっ。橋本明日香ですっ。よろしくっ」

頭を下げる明日香を見て、健一は声も出なくなった。

父親が心配そうに見つめてくる。

「おい、大丈夫か？」

「大丈夫、健一くん？」

明日香も心配そうだ。

（父親とあすりんが、へ？　結婚？　なんで？　へ？　おかしくなったのかな）

呆然《ぼうぜん》としていると明日香がクスッと可愛らしく笑った。

「私、修司《しゅうじ》さんの教え子なの。うーん、そうよね。最初は戸惑うと思うけど、そのうち慣れると思うのよ。よろしくね、健一くん」

「えっ、あ、は、はあ」

人気アイドルのテレビで見るような眩《まぶ》しい微笑《ほほえ》みを直《じか》に見て、健一は胸が熱くなるのだった。

2

（あ、あすりんが……義理とはいえ新しい母親……）

冷えピタを頭に貼《は》りつつ、ベッドでぼうっとしながら考えていた。

父親の衝撃の告白から一週間。

さすがに売れっ子のアイドルは忙しいようで、あの日、朝食をともにしたものの、そのあとはずっと会えていなかった。

帰ってくるのは深夜だったり、帰ってこない日もあったり。

かと思えば朝起きても、もう出かけたと言われるので、帰ってきていることはきているらしいのだが、ほとんど話もできないままである。

最初に会ったときのことだ。

どうして父親と結婚する気になったのかと尋ねたら、大学と芸能活動の両立で悩んでいたときに、父親が親身になってくれて、そこから好きになったそうだ。

父は明日香がアイドルだったことを知らなかったから、おそらく他の学生と同じように扱ったのだろう。

明日香にとってはそれが新鮮だったらしい。

単純な話だなあと思うのだが、ずっとトップアイドルで芸能界を過ごしてきた明日香にとっては、父は息抜き……というか居心地のいい存在らしい。

それにしても、いまだ気持ちの整理がつかないでいる。

しかし、よかったこともあった。

昨日、秋葉原《あきはばら》で橋本明日香のライブがあったのだが、プレミアチケットをもらって最前列で鑑賞できたのだ。

ステージの上に立つ明日香は、いつも通りキラキラしていた。

「あすりーん！」

「あすりーん！　可愛いっ！」

何百人もの野太い声援を受けつつも、セミロングの黒髪とミニスカートを振り乱しながら、平然とダンスをしているのはすごいと思った。

しかもだ。

最前列だから、目が合って、その瞬間にウインクまでしてくるのだから、もう死んでもいいくらいに幸せだった。

（くううう、可愛いな）

大きなぱっちり目で愛らしく歌う明日香を見ていると、いつものように興奮して夢中になるのだが、反面、父親と結婚したという呪《のろ》いのような事実が、健一の中で重くのしかかってきていた。

だめだ……。

納得なんかできるわけはない。

（やっぱ、だめに決まってる！　ガマンできないっ）

冷えピタを剝《は》がして、健一は起きあがった。

やはり頭を冷やすくらいでは、この興奮はおさまりがつかなかった。

今日は珍しく、明日香が早く帰ってきている。

それだけならまだしも、だ。

父はテスト問題の作成で、遅くまで帰らない。

つまり今……。

なんと、この家では自分と明日香のふたりっきりなのであって、先ほどから原因不明の熱が出っぱなしなのであった。

（この下にあすりんがいるんだよな……）

落ち着かないのは当たり前だ。

実は明日香にはまだファンだと打ち明けていなかった。

昨日、ライブの最前列チケットを取ってもらい、見に行ったのも「どんなもんなのか偵察にきた」という体である。

素直に「ファン」だと打ち明ければいいのに、憧《あこが》れのアイドルを目の前にして突《つ》っ慳貪《けんどん》な態度をしてしまう。

それは父親への嫉妬《しっと》であり、現実とは思えない戸惑いであり、自分の中でも整理がつかないという表れだった。

当たり前だ。

よりにもよって大好きだったグラビアアイドルが、父親の再婚相手なんて、夢にも思ったことがない。嫉妬しすぎるほど口惜しすぎる。

一応、明日香の事務所の人間たちは猛反対したらしいが、結婚できないなら引退すると言ったらしい。

今は、とにかく結婚したことを隠してくれと言われているのだが、本当にバレずにやっていけるのか、甚《はなは》だ疑問である。

（ところであすりん、何をしてるんだろう）

先ほどはドラマの台本を覚えていたので、声をかけられなかった。

そっと階段を下りてみた。

リビングには誰《だれ》もいなかった。もう寝室だろうか。

挨拶《あいさつ》されたとき、ついつい突き放した感じになったから、もう少し話したいなと思っていたのだが当てが外れた。

テーブルには台本と、何本もの空になった缶ビールが置いてある。

（え、こんなに飲むのか……？）

お酒を飲むのが好きなのかもしれないが、もしかすると仕事に相当プレッシャーがあるのかもとちょっと思った。

昨日のライブでも、そうだ。

あれだけスタッフが大勢関《かか》わっているのだから、間違えたりしたら大惨事になる。それを思うと、チヤホヤされてうれしい、だけじゃすまない圧力というものが、のしかかってくるのだろう。

だから……健一の父親がその不安定な明日香の、よりどころになったのかもしれない。

ふいにいやなことが頭をよぎった。

明日香と父親はもうセックスをしたのだろうか。

（……したよなあ、結婚してるんだもの な……）

まだ籍をいれただけだが、一応明日香の両親にも挨拶に行ったらしい。

とすれば、別にセックスしても誰にも怒られる筋合いはないということだ。ファンが知ったら、父の命は危ないと思うけど。

息苦しい感覚が襲ってきた。

顔でも洗おうかと洗面所に行って、ドアを開けたときだった。

洗面所の横に浴室があり、そこからシャワーの音が聞こえてきて、健一の心臓はとまった。

（シ、シャワーだ。あすりんが、お風呂《ふろ》に入ってる！）

自分の家で、人気アイドルが風呂に入っている。

信じられないことだった。

と、同時にその事実だけで勃起《ぼっき》した。

水着動画だけで、何度オナネタにしたことだろう。その本物が扉の向こうにいて、しかも素っ裸だ。頭がクラクラした。

（ま、まずいな……でも待てよ……）

遠慮しようと思ったけれど、相手は新しい母親なのだ。

母親に遠慮しなくてもいいだろうというのは都合のいい考えだ。ドアの前から思いきって声をかけた。

「せ、洗面所。使いたいから、入るな」

普通にしようと思っていたのに、声が裏返る。

返事はなく、シャワーの音が続いている。おそらく聞こえていないのだろう。

(だ、大丈夫だ。ホントに顔洗うだけなんだから……)

洗面台の横に脱衣かごがある。

瞬間的に、明日香の脱いだ衣服に目が吸い寄せられた。

上手に畳まれたブラウスやスカートの下に、ちらりと白いパンティが見えていた。

(うわわわわわ！　あ、あすりんの脱ぎたてパンティ！)

見てはいけないと視線を他にやるものの、目に焼きついたアイドルの生パンティに、心臓がバクバクと音を立てていた。

なんて無防備なんだと思いつつ、じっと見てしまう。

刺繍《ししゅう》の施された白パンティは、まだ温《ぬく》もりが残っていそうな脱ぎたての感じで置かれている。

(女の人のパンツって、ちっちゃ……というか、あすりんが穿《は》いてたんだよな、これ……)

ファンにとっては、一生ものの出来事だった。

だけどだ。

これからもし一緒に暮らすなら、こういったラッキースケベに何度も遭遇するのであろう。今のうちに慣れておかないとな。

しかし、長い時間いるとまずい。

後ろ髪を引かれる思いで、顔を洗ってから出ようとしたのだが、そこで初めて妙だなと思った。

浴室の磨《す》りガラスに、先ほどからまったく人の影が見えないのだ。

シャワーの音はするから、いることはいるだろう。

「あ、あのさー」

磨りガラス越しに声をかけたが、やはり反応はない。

そのとき、テーブルの上にあった缶ビールを思い出した。

（まさか、風呂の中で寝てないよな）

「おおーい……あ、明日香さーん」

初めて名前で呼んだ。

それだけで心拍数があがってしまいそうだが、そんな場合ではない。

やはりまったく返事がない。

風呂で寝ると間違いなく風邪《かぜ》をひく。そうなったら仕事にも思いきり支障が出てしまう。

いや、それよりも、何かアクシデントがあったのかもしれない。

「あ、開けるよー」

呼んでも返事がないなら開けるしかない。

緊張しまくって耳鳴りがすごい。

仕方ないいんだからなと自分に言い聞かせて、健一は磨りガラスのドアをちょっとだけ開けてみた。

湯気が、むあっ、と包み込んでくる。

その中に、洗い場で倒れている全裸の明日香がいてギョッとした。シャワーが脚にかかっていても明日香は微動だにしない。

「え？　おい……ちょっと……」

動揺した。

横たわっている明日香のスタイルがあまりに素晴らしくて、思わず唾《つば》を飲み込んでしまう。

（すげーカラダ……真っ白くて、腰が細くて、お尻がおっきくて……いや、だ、だ、だめだ……そんなの見てる場合じゃない）

頭を振って邪念を振り払う。

濡《ぬ》れるのもかまわず、健一は浴室に入って明日香の肩を抱いた。抱えると、ふたつの大きなふくらみが、目の前でゆっさと揺れた。大きなおっぱいに透き通るようなピンクの乳首。

童貞には刺激の強すぎる光景だった。クラクラした。

（初めて見る大人の女性のカラダが、まさかあすりんだなんて）

猛烈に昂《たか》ぶりつつも、必死に叫んだ。

「あ、あすりんっ」

肩を揺らすと、

「ん……う……ン……」

と、彼女は目をつむったまま、悩ましい声を漏らした。

アルコールがひどく匂《にお》う。が、とりあえず意識はあるようだ。ホッとした。

とにかくだ。

このままにしてはおけなかった。

シャワーをとめてから急いで何枚かバスタオルを持ってきて、明日香の胸や陰毛をくるんで隠しつつ、思いきってお姫様抱っこで抱えあげる。

（も、持てるな、これなら……）

想像以上に軽くて驚いた。

体重は秘密だけど、おそらく五十キロないだろう。

(こんなにムチムチした柔らかい身体なのに軽い……腰が細いからかな。内臓とかどうなってんだ？)

二十五歳のトップアイドルの身体の軽さに驚きつつ、そのまま夫婦の寝室へと運んだ。

脚でドアを開けると、大きなベッドがあった。

運び込んだのは見ていたが、いざこうして置かれているのを見ると、夫婦の閨《ねや》というものの生々しさが伝わってくる。

そのベッドに寝かせて、健一は「はあ」と息をついた。

(親父に連絡しようかな。いや、でも、酔って寝てるだけといえば、それだけのような気もするし……)

明日香はすうすうと愛らしい寝息を立てていて、特に変わったところはないようだった。

表情を見ても苦しそうな感じはしない。

しかし……。

（あすりん、すっぴんだよな。全然変わんないな……）

長い睫毛《まつげ》がぴったりと閉じられ、ぽてっとした唇は艶《つや》やかに濡れている。二十五歳にしては童顔だと思っていたけど、こうした寝顔を近くで見れば、意外にセクシーで色っぽい。

抜けるような白い肌が、瑞々《みずみず》しくて身体にまとった水滴を弾《はじ》いている。静かな呼吸を繰り返しているが、その呼吸に合わせて、バスタオルの胸元がゆっくりと上下していた。

（おっぱいもお尻も……中身を全部見ちゃったよ……）

ズボンの中で股間《こかん》がいきり勃《た》っている。

ここで勃起を取り出して、手でシコりたいくらいだ。

だけどそれをガマンして見ていると、

「う……んっ……」

明日香が呻《うめ》き声を漏らして、寝返りをうった。

かけてあるバスタオルがまくれて、白い太ももが見えた。

腰は細いのに、太ももの付け根のあたりは意外にボリュームがあって、女らしい身体つきだった。

可愛いけど、やはり成熟した大人だ。

妖《あや》しい色香が太ももの豊かな量感に宿っている。

（華奢だと思ってたけど、意外とムチムチの身体してるんだな……）

そんなことを思いつつも、ハッとした。

濡れたままの身体を、そのままにしておくのはよろしくない。

そうだ、身体を拭《ふ》かないとっ……。

「あ、あの……濡れたままだと風邪をひくから、拭くな」

寝顔の明日香に声をかける。

まだ反応はまったくなく、寝たままだ。

健一は乾いたタオルを持ってきて、おそるおそる彼女の髪を撫《な》でるように拭いた。続いて首筋だ。

アルコールとシャワーで血行が良くなったのだろう。ほんのり桜色に染まった肌の部分が、色っぽくてたまらない。

さらに頬《ほお》に触れた。柔らかくてぷにぷにしている。

緊張で頭がおかしくなりそうだった。

何度も抜いたグラビアアイドルの顔に直に触れているのだと思うと、ズボンの中で射精してしまいそうだ。

明日香の裸を拭いていると、そのうちに複雑な感情が湧《わ》いてきた。

(あんな冴えない父親に……この裸を見せてるんだろうな……)

いけないとわかってる。

なのに、暗い気持ちになってしまう。

「ふ、拭くだけだからね」

震える手を伸ばしてバスタオルをはだけると、巨大な乳房が、ぷるんっと弾けるように露出する。

丸いふくらみは、仰向けでもツンと上向いて形は崩れていない。

下の方のタオルも外す。

薄い繊毛が股《また》の部分に繁《しげ》っていた。腰はキュッとくびれているものの柔らかそうな肉もあり、ただ痩せているだけではないセクシーな腰つきだった。

太ももも想像以上に肉感的だ。

夢にまで見た橋本明日香のフルヌードを目の前にして、感動のあまり食い入るように見ることしかできない。

「ふ、ふ、拭くよ」

言い訳がましく何度も健一はつぶやき、手に余るような大きさの乳房に、タオルを押し当てる。

「んぅ……」

明日香はわずかに眉間《みけん》にシワを寄せた。

かすかな呻き声が桜色の唇から漏れ聞こえてくる。

その声質は、明らかにセックスのときに出すような、甘いかすれ声だ。

(あすりんって、こういう声も出すんだ……)

声も色っぽくてたまらないが、何よりもおっぱいのぷるんとした感触がタオル越しに伝わってきて、一気に理性が吹き飛んだ。

ハアハアと息を荒らげながら唾を飲み込み……タオルを外して直接指で胸をついてみる。

(なっ！　柔らかいのに、弾力すごい)

もうタオルで拭くどころではない。

寝ていて意識のないアイドルに、しかも義理の母に、イタズラしていると考えるだけで頭が痺《しび》れてしまう。

もう、やめよう。

そう思うのに、ダメだった。

獣じみたオスの本能が理性を凌駕《りょうが》する。

ハア……ハア……。

自分の呼吸が、かなり荒くなっている。

裸にされて、それでもすうすうと寝ている明日香を見ていると、犯罪じみたイケナイ気持ちが湧きあがってくる。

（あ、あすりんっ、あすりんって……こんなエロいおっぱいしてたんだね……）

欲望にまみれた台詞《せりふ》を、心の中に浮かべて凌辱《りょうじょく》する。

熱い衝動のままに、いよいよ明日香の乳房をそっと揉《も》んでみた。

「ン……」

明日香はわずかに声を漏らし、腰を揺らす。

（や、柔らかい！）

今度は手のひらをめいっぱい開けて、しっかりと指を乳肉に食い込ませて揉みしだく。

とろけるような揉み心地だった。

ハア……ハア……。

犯罪じみたことをしているというスリルに身体を熱くする。

(親父も、このおっぱいを揉んでるんだな)

自分以外の男に、このキレイな身体を触られたり、舐《な》められたりしたと思うだけで脳がカッと熱くなる。

(くうう、俺のあすりんを……)

征服欲が、余計に行動を大胆にさせ、ぐぐっ、とひしゃげるほどにおっぱいを揉んだときだった。

「ンンッ……!」

明日香が目を閉じたまま、ピクッと震えた。

(や、やばっ!)

慌てて手を引いて、健一は横になったままの明日香を見た。長い睫毛は伏せたままで、わずかに眉間に悩ましいシワが寄っている。

(危なかった……)

ホッと胸を撫で下ろして見ていると、明日香は、

「う……ん……」

と、小さく喘《あえ》ぎ、横を向いて両足を曲げて丸まるような格好になったので、お

尻が見えた。

（お尻だ！　おっ……い、意外と大きいな……）

アイドルのヒップの豊かな丸みが、さらに欲情を煽《あお》ってくる。

太ももからお尻への充実した太さと丸みを帯びたラインが、女の成熟味があふれていてセクシーだった。

くうう、さ、触ってみたいっ。

いや、だめだっ。

今もおっぱいを揉んだだけで、かなり危なかったのだ。

せめて見るだけでと思い、股間に顔を近づける。

恥部のほのかな温もりを感じる。

それに加えて、ふわっとした甘い女の匂いが、鼻孔をくすぐってくる。

（くうう……いい匂いっ）

寝ているのをいいことに、もっと嗅《か》いでいたいと明日香の首元に顔を近づけたときだった。

（え？）

明日香の手が伸びてきて、健一は抱き寄せられた。

3

（え？　うっ、うわっ！）

全裸の明日香にギュッと抱きつかれて、健一はパニックになった。

（お、起きてたのか？）

わからぬまま、じっとしているときだった。

「あん、先生……」

（え？）

耳元でささやかれたのは父親のことだろう。

（俺を……親父と間違えてる？）

次に聞こえてきたのは、静かな寝息だった。

寝ぼけたのだろうと思うと、ホッとすると同時に、胸の奥にかき毟《むし》りたくなるような暗い嫉妬を感じた。

父親に対して、明日香はこうして甘えたりしているんだと思うと、こめかみが痛くなってくる。

ファンと交流している陰で、親父と……。

健一は明日香の顔を上から覗《のぞ》き込んだ。

あすりんの美貌《びぼう》が、蛍光灯に照らされている。

そのときだった。

「んンっ……！」

柔らかな唇が健一の口を塞《ふさ》いでいた。

慌てて離れようとするも、明日香の手は健一の背中にまわっていて、さらに抱擁する力を強めて唇を押しつけてくる。

（む、向こうから……あすりんから、キ、キスっ！）

間違いなかった。

憧れのあすりんと、口と口が触れている。

呆然としている健一の唇のあわいに、続けざま、ぬるっとしたものが滑り込んでくる。

（こ、これ……舌だ。あすりんが、キスしながら舌を入れてきて……）

ぬめった舌が、口腔《こうこう》をまさぐってくる。

甘い唾液《だえき》がしたたり、明日香のツバの味が口の中に広がっていく。

(ああ、あすりんっ……！　こんなエッチなキスっ)

健一も夢中で舌を動かして、明日香の舌とからめあった。

「……んんぅ……ンフッ」

トップアイドルの呼気を感じながら、ねちゃねちゃと舌をもつれ合わせる。

初経験だった。

舌と舌とをもつれ合わせていると、あまりの気持ちよさにうっとりして、意識がぼうっと霞《かす》みがかっていく。

「んっ……」

唇をほどいてもまだ、明日香は瞼《まぶた》を閉じきっていて、眠たそうな声を漏らしていた。

(ああ、あのあすりんと、べ、ベロチューしちゃったよ)

ドキドキしているが、明日香は「うーん」とか「うふっ」とか甘い鼻声を漏らすばかりで、一向に目を開ける気配がない。

やっぱり寝ぼけていたんだ、とホッとしていると、

「あん……もっと……」

と、目をつむったまま、甘える口調でまた抱擁を強めてくる。

（ううう、た、たまらないっ……）

おそるおそる、また胸のふくらみに手を伸ばし、ぐっと揉みしだく。

「……ん」

明日香の口から淡い吐息が漏れる。

興奮の度合いが尋常ではなくなってしまった。

そのまま手を下に持っていくと、柔らかな恥毛の奥になんとも柔らかな恥丘の感触があった。

（お、おま×こっ！　あすりんのアソコに俺は触れているっ！）

もうだめだった。

唾を飲み込み、身体をズリ下げていく。

（ああ、あすりんっ……）

自分を抑えきれなくて、彼女の脚を開かせて股間に顔を近づける。

明日香が色っぽい声を漏らし、腰を軽くよじった。

「ああんっ……」

目の前に肉のスリットがあった。

人気グラビアアイドルの秘密の花園を、直に眺めているのだ。脳みそが吹き飛んでしまいそうだった。

（一応人妻なのに……な、なんか、処女みたいな清らかさだ）

処女のおま×ことというものは見たことないが、とにかく美しく、乳白色の恥部というイメージだ。

アイドルって、ここもキレイなんだな……。

ワレ目の中にあるサーモンピンクの媚肉《びにく》が、もう触って欲しいとばかりに濡れていた。

甘い体臭に混じり、ツンとする濃い性臭が漏れている。

（これがあすりんの、おま×この匂い……）

思ったよりも強い匂いで、川魚のような生臭さなのに、もっと嗅ぎたくてたまらない。

息苦しくなってきて、健一はいったん顔をあげた。

明日香の顔を見る。変わらない可愛い寝顔を見せている。

人気アイドルが目の前で、ベッドに大の字で大きく脚を開かされて無防備で眠っている。

（ああ、すごいっ）

もう頭の中が痺れきっている。

健一はズボンの上から、たぎった肉棒を握りつつ、空いている方の手で明日香のおっぱいを揉んだ。

何度揉んでもとろけるような揉み心地だった。

柔らかく、それでいて指を押し返すほどに張りつめていて、若い女性の生命に満ちた豊かな弾力がある。

形をひしゃげるようにムニュ、ムニュ、と揉みしだくと、

「あっ……ううんっ……」

明日香はまた、悩ましい声を漏らして開いた脚を閉じようとした。

（眠っていても、脚を開くのはいやなのかな……）

脚を閉じさせまいと片手で押さえつけ、熱い衝動のままに、スリットに指を差し入れた。

（うわっ、濡れてる……）

にちゃ、と音が立ち、明日香が震えた。

変わらず目をつむったままだが唇が半開きになっていて、ハア、ハア、と呼吸が荒くなっている。

そのまま指をぐっと押し込むと、ぬるりと膣穴《ちつあな》の奥にまで指先が入り込み、

「あっ……！」

明日香がクンッと顎《あご》をせりあげ、背中をのけぞらせた。

目がパチパチして、起きそうになっている。

（や、やばいっ！）

慌てて指を抜くと彼女は目を開けて、

「うーん」

と大きく伸びをする。そして続けざま、

「あ、あれ……健一……くん……？」

と、寝ぼけ眼で見つめてくるのだった。

4

「驚いたよ。風呂場でシャワーの音がしてるのに、全然出てこないから」

とにかく言い訳する。

健一はベッドの端に座っていた。

明日香は毛布の中に潜って顔だけ出している。

「ごめんね。酔ってお風呂に入っちゃいけないのはわかってるんだけど……で、そ、その、見たよね」

「えっ、見たって……？」

健一がとぼけると明日香は顔を赤くしたまま、さらに毛布を口までかけて目だけをこちらに向けてくる。明らかに咎《とが》めている視線だ。

「私の裸よ」

「み、見たよ。だって、し、仕方ないだろっ。あのままじゃあ……」

わざとぶっきらぼうに言うと、彼女は、

「うん……ま、まあ……」

と、言いつつちょっとイタズラっぽい目を向けてくる。

「で、どうだった？」

「へ？」

「お義母《かあ》さんの裸。見て、ちょっと勃っちゃった？」

「ばっ……！」

頭がカアッと熱くなった。

「ば、ばか言うな。なんも感じないよ。それに、な、なんなんだよ、お義母さんって。そんなの認めてないよ、俺」

明日香がムッとした顔をした。

「お義母さんは、お義母さんでしょ。いつまでも、明日香さんはないでしょ。もちろん、その……わかるわよ、健一くんが嫌がるのも」

「だって……俺と六つしか違わないんだぞ」

「でも、私、先生と結婚して……健一くんのお義母さんになりたいって思ったのはホントだもん」

真顔で言われて、健一は言葉につまった。

大ファンだったあすりんが、自分の父親を好きと言っている。こんな悲劇はそうそうないだろう。

「でも、ほら……若いお義母さんだって役に立つわよ。例えば……歳《とし》が近いからこそ彼女の相談とかに乗ってあげられるし」

「彼女？　そ、そんなの……いねーよ」

「いないの？　モテそうなのに」

「モテないよ。たかが一般の大学生だよ。明日香さんは、そりゃ、モテモテだろうけどさ。というか男なんか選《よ》り取り見取りだろうに。どうしてウチの親父みたいな冴えない中年男なんか……」

吐き捨てるように言うと、明日香はまたむくれた。

「モテモテって言われても……ファンの人は、橋本明日香というアイドルを見てるだけなのよね。応援してくれるのはうれしいよ。大事にしたいと思う。だけど先生はそことはベクトルが違うっていうか……」

「何も知らないだけだよ。ウチの親父はテレビとか見ないし」

「それがいいのよ。健一くんも別に自然体でいいと思う。親子だなあって思うもん。先生と似てる」

目を向けられて、照れると同時にやはり嫉妬した。

やはり父親のことが好きなんだなあと思う反面、似ているならば、自分も好きになってくれるのではないかと邪《よこしま》な考えも浮かぶ。

（と思っても、もうだめだよなあ、今さら。母親になっちゃったんだから……）

義理でも母親を女性として好きになるなど、あってはならぬことだ。

それくらいの分別は持ち合わせているつもりである。

だけど……。

「うーん、まだ頭痛い。お茶でも飲もうっと」

ベッドから立ちあがったときだ。

明日香はそのままふらふらと床に倒れてしまった。

「お、おい」

慌てて駆けより、バスタオルの明日香の肩を抱くと、はらりと胸のバスタオルが外れて生の乳房が露出した。

「キャーッ！」

明日香が真っ赤になって慌てて胸を隠す。

そしてじろりと睨《にら》んできて、

「……エッチ」

「な！　なんでだよ。不可抗力だろ」

「だって……大きくなってる」

「あ、え……？」

ハッとした。

股間のふくらみを直そうとしたら、鼻先にあすりんの顔があったのだ。

素っ裸の明日香を抱いているだけでも、大学生の童貞は今にもおかしくなりそうだった。
その上で、もう数センチでキスできそうな距離で見つめ合っている。
明日香の瞳《ひとみ》が潤んでいた。
目の下が、恥ずかしそうに上気している。
ぼんやりした目は、息子を見る目に思えなくてドキッとする。
（だ、だめだ……）
絶対にいけないことだ。
先ほど意識のない明日香をイタズラしたことだって、反省しているのに。
だが、どうにもできなかった。
すっと顔を寄せていく。
「ちょっと……何するの、だ、だめ……」
明日香が小さくつぶやいた。
だけど抵抗することはなく、じっとしている。
チュッと軽く触れた。唇同士が間違いなく触れた。
（あすりんとキス……！）
背筋が震えるほどの興奮に、健一の心臓がとまりかけた。意識があるときのキスは、やはり衝撃的だ。

「ねえ、もしかして今の、ファーストキス？」

明日香が恥ずかしそうに目を伏せて訊いてくる。

「えっ、あ、いや……」

こちらも照れながら、またじっと彼女を見る。

（な、なんかいい雰囲気じゃないか？　あすりん、まだ意識がぼうっとしてるみたいだし）

チャンスだ。今度はちゃんとキスしてみたい。また顔を近づける。

「こら。だめ……だめ……私、お義母さんなんだから……」

言いながらも、明日香はやはり抗《あらが》わない。

よし、もっと深いキスをしようと腹をくくった。

あと数センチのときだ。

ピンポーンと、間の抜けたチャイムの音がして、ふたりでハッとした。

「誰か来たみたい」

「こんな夜中に？」

と会話していると、

「健ちゃーん？」

聞こえてきたのは、隣のおばさん、時田真理子《ときたまりこ》の声だ。

「やば！　お、おばさんだ」

「誰？」

「昔っから母親代わりしてくれてる人だよ。まずい。おばさんはもう家族みたいなもんで、普通に入ってくるんだ」

「えー？」

と喋っているうちに、

「入るわよー」

と、近くで声が聞こえて、慌ててベッドから離れた。明日香が毛布を被《かぶ》る。

ちょうどそのときに、ドアの向こうで声がした。

「ねえ、健ちゃーん。どこよ。いるんでしょう？」

ふいにドアが開いた。

真理子が呆然と、健一と明日香を見ていた。

健一は慌てて立ちあがり、真理子の視界を遮る。

「お、お、おばさん！　どうしたの？」

「どうしたのって、夕食つくりすぎたから。先生、今日は遅いんでしょう？　というか、なんで先生の寝室に？　あの子は誰？」

真理子が健一の後ろをひょいと覗き、毛布から顔だけ出した明日香を見て訝《いぶか》しんだ顔をした。

「こ、これ……いとこだ、いとこ」

とっさにウソが出た。

「あら、そうなの？　初めまして。私は隣の……」

言い終わる前に、健一は真理子を押して部屋を出た。

「な、何？　まだ挨拶も……」

「あとでいいよ。それより、キッチン行こうよ」

ドアを閉めるときに、明日香がクスッと笑って布団から出てきたのが見えた。

うまくやっていけるのかな……。

ため息をつきながら、健一は自分の唇を指でなぞるのだった。

第二章　禁断の強制羞恥《しゅうち》ストリップ

1

その一年後――。

(空が青いなあ)

五月に入ってから陽気がいい日が続いている。今日も雲のない快晴だった。

健一は空を見あげて、ぼんやりと去年の出来事を思い出していた。

いきなり人気アイドルが新しい母親だと言われ、同居するハメになり、すぐに彼女は芸能界を引退して専業主婦になった。

事務所とはかなり険悪になったらしいが、何か条件つきで引退を承諾したらしい。詳しくは知らないけど。

それはまあ結構な事件でマスコミは、

「人気グラドル結婚」

と、大きく報じたものの、相手が一般人であり、再婚で子どももいるとなるとあまり個人情報は報じられないらしく、世間ではこの結婚の詳細は表に出ていなかった。

明日香は元々が地味な性格だったらしく、メイクもせず大きな眼鏡をかけて、しばらくは主婦生活を楽しんでいた。

結局バレたのは隣家の人妻、真理子のみであり、彼女は「アイドルに主婦なんか、できるわけないでしょう」とまるで対抗意識を燃やすように、以前にも増して世話を焼いてくれる日々が続いていた。

だが、そんな生活も一ヶ月でまさかの展開を迎えた。

一年前の五月のこと。

父親が亡くなった。

突然の心筋梗塞《しんきんこうそく》である。

元々心臓が悪かったのだが、忙しさにかまけて健康診断にいかなかったのが仇《あだ》となったようだった。病院に搬送されたときには、すでに亡くなっていたから、最後の言葉も聞けなかった。

母親を亡くしてから、父は大学で働きながら男手ひとつで育ててくれた。

感謝しかなかった。

もちろん悲しんだが、同時に明日香のことを心配した。

なにせ新婚生活の最中に夫が亡くなったのだから、息子の自分よりも哀しみは深いだろうと思っていた。

だけど……。

見た目は美少女で、下手すると自分と同い年くらいに見られる明日香は、思っていたより遙《はる》かに気丈だった。

隣の真理子とともに親戚《しんせき》各所や大学に連絡して、身内だけの小さな通夜と葬儀を手配してくれたのだ。といってもウチも明日香のところも親戚なるものはほとんどいないし、明日香の方はどうやら両親は離婚して祖父母に育てられたという複雑な家庭環境らしい。

だから、葬儀の参列者はほとんどいなくて、家族葬くらいの規模でひっそりと行われた。

明日香はしばらく哀しみにくれていたものの、意外と早めに立ち直って、健一の世話を焼いてくれた。

もちろん出ていくだろうと思っていたのだが、

「私、健ちゃんの母親だもん」

と、同居することになったのだった。

「おおい、健一」

玄関前でぼんやりしていると、大学の友人、武彦《たけひこ》が声をかけてきた。

見たことのない紺のスーツ姿。

喪服のスーツではなくて、おそらくリクルート用に使うオールマイティのスーツだろう、まったく似合っていなかった。

「なんだよ、その格好」

健一は武彦に言うと、

「先生の一周忌なんだから、当然だろ」

武彦は父親のゼミにいたから、父親とは仲が良かった。今日はゼミの連中も来る予定だ。

「別に普通の格好でいいのに。ああ、明日香か」

わざとらしく言うと武彦は、

「いや、まあ」

と、鼻の下を伸ばしてニタニタする。

ちなみに大学で父親と明日香が結婚したのは、武彦しか知らない。結婚式も極秘だったし、葬儀も明日香は変装していたからだ。

「まったく不謹慎だな。一応、未亡人だぞ、あれでも」

「いやいや、それだけじゃないって。もちろん先生には世話になったから、出席したかったんだよ」

しみじみ言われると、それ以上何も言えなくなってしまう。

だけど、そんな感傷的な気分になるのも、だいぶ久しぶりのことだった。父親には悪いけど。

やはり明日香がいてくれたのは大きかったと思う。

明日香がいなかったら、この一年はもっと寂しいものになっていただろう。

「でもな、明日香は来ないぞ。今日は」

さらりと言うと、武彦は「は？」と聞き返してきた。

「ゼミのやつらが来るっていうからな。変装させるのも面倒だし」

「マジかよ」

あからさまにがっかりした顔をされる。現金なヤツだ。

父の一周忌の法要は、自宅の座敷でとり行うことになった。

襖《ふすま》を外した座敷に入ると、亡くなった健一の母方の兄と姉がやってきて声をかけてきた。

「なかなか来られなくてすまんな。新しいお義母さんとはうまくやってるか？」

亡き母の兄である伯父《おじ》が尋ねてきた。

もちろん再婚相手が、トップアイドルとは言ってない。

「うん、なんとかやってる。まあ歳も近いし……」

言うと、伯父はホッとしたようだった。

まあ再婚相手が二十五歳なんだから、聞いた最初は親戚みんないやな顔をしていた。だが父親の葬儀のときに変装した明日香と話して、みんなまあまあ納得したらしい。明日香がどうやって懐柔したかは知らないが。

「元気そうでよかったわ」

同じく亡き母の姉である伯母《おば》が、ハンカチで目頭を押さえてやってきた。

「まあね」

言われてみれば、本当に哀しみにくれることはそうそうなかった。

明日香が元気づけてくれてたんだなあと思うと、普段は憎まれ口しかきいていないものの、心の中では感謝しかなかった。

「ちょっと、健ちゃん」

真理子が座敷に入ってきて手招きした。

隣家の人妻には、一周忌の手配も手伝ってもらっている。

というか、真理子がいなければ何もできないだろうというくらいに、おんぶに抱っこだ。

「大丈夫よね、あの子」

神妙な顔つきで真理子が言う。

あの子というのは、明日香のことである。

たまに芸能レポーターみたいな男が、この辺を探していることもあるので、真理子は騒ぎにならないかと疑心暗鬼になっている。

健一は声をひそめた。

「明日香には、仕事に出かける前に、今日はだめだぞって念押ししたら、しゅんとしてた」

真理子はホッとした表情になる。

そろそろ読経がはじまると、受付をお願いしていた葬儀屋の人間に言われた。

ふたりで座布団に座る。

もうすぐ僧侶《そうりょ》がやってくる予定の、そのときだった。

「ごめえん、健ちゃん。遅れて」

背後から耳元で小さく、舌足らずの甘い声が聞こえた。

健一はすぐさま振り向く。

（げっ！）

黒いミニ丈のワンピース姿の明日香が、後ろで座っていた。

「お、おい、あれ」

「橋本明日香……だよな。ほ、本物？　なんで？」

父親と明日香の結婚を知らないゼミの学生が、目を丸くしている。

無理もない。

引退したとはいえ、去年まで若者に人気のアイドルが、一般家庭の法事に突然現れたのだ。

健一は明日香を睨みつけながら、声をひそめる。

「な、何してんだよっ。来ないって約束だろ」

「だってぇ。やっぱり出たいもん」

ちらりと横を見る。

武彦がニタニタしている。その横でゼミの男たちが明日香を見ながら、スマホを取り出している。

（まずいな）

ＳＮＳで何か発信されたら、面倒なことになる。

鈍感すぎる元アイドルの肩を抱き、すぐに座敷を出た。

二階にある健一の自室に引っ張り込んでドアを閉めると、明日香はとたんに不機嫌になった。

「なによお。遅れたのは悪かったけど」

明日香がふくれっ面をする。

「遅れたも何も……今日は出るなって言っただろ。それに、全然、変装とかもしないで……」

じろりと睨むと喪服の元アイドルは、不満そうに口を尖《とが》らせた。

「わかってるけど……やっぱりおかしいよ。愛する夫の一周忌に出られない妻なんていいる？　それに葬儀のときのあんなへんな格好なんて、もういやだったのっ」

「あのなあ。親父と結婚してたの知ってるのは、俺たち以外にはほとんどいないんだぞ。ゼミのヤツらにバレたらまずいって」

明日香の顔が曇る。

唇を震わせて、健一を真っ直《す》ぐに見つめてきた。

「ねえ。じゃあさ。お経の間だけ、一番後ろにコッソリ座っているから。大学のときの恩師ですって言えば誰も怪しまないでしょ。実際にそうだったわけだし」

拗《す》ねたような甘えた声で、明日香が身体を寄せてくる。

（おおっ……）

健一は思わず反応してしまう。

（くうう、やっぱまだ慣れないんだよな……）

艶やかな黒髪から、ふわっとした甘い匂いが漂ってくる。

アイドルを引退したけれど、明日香は清楚系美少女の容姿を維持したままだった。

メイクこそ地味になったものの、それでも人目を惹《ひ》くオーラはまるで変わっていなかった。

もちろん痩せ巨乳のスタイルも維持しており、黒のワンピースの胸元を盛りあげる魅惑のふくらみや、キュッとしぼられたウエストに、女盛りの張り出したヒップも健在だった。

しかも、である。

不謹慎だが、明るさの中にもわずかに憂いを帯びていて、それが以前よりも色っぽい雰囲気を醸し出している。

元アイドルの可愛らしさの中に「喪服の未亡人」という男心をくすぐる艶《なま》めかしい属性が加わり、それが性的な魅力につながっているのだ。

(義母だと自分に言い聞かせて、一年間やってきたんだけどな……)

一年同居して、さすがに顔を見るだけで顔が熱くなるようなことはなくなったけど、今でも家族と見るには無理があった。

ずっと恋い焦がれていたファンだった。

今さらそれを言っても気持ち悪がられるだろうし、言いそびれてしまったから、それを明日香に告げることはなかった。

あすりんはやはりあすりんだ。

何度も自戒したけれど、性的な目で見ないようにするなんて無理だった。

「い・い・でしょ？」

甘えるような上目遣いで、こっちを見てくる。

(くううう。なんて可愛いんだよ)

猫のようにくりくりとした大きな瞳が、しっとりと濡れている。

普段はあどけない少女のように天真爛漫《てんしんらんまん》なのに、時折見せる仕草は大人びていて色っぽい。

「ま、まあ……サングラスして、バレないようにこっそり後ろにいるなら」

「ホント？　ありがとねっ、健ちゃん」

明日香がパアッと明るい顔を見せて、ぎゅっと抱きついてきた。

健一はそれだけで胸の内が疼《うず》いてしまう。

理性と性欲がせめぎ合う。

明日香の中に父親がいるのはわかっている。

何度襲いかけたかわからないが「これでも母親だ」という魔法の言葉でなんとか今日までごまかしてきたのだった。

2

法事が終わると真理子は「疲れた」と言って帰っていった。

母親を自負する明日香と真理子とで、水沢家の家事を張り合うこともしょっちゆうだったので、健一はホッとした。

「はあい、できたよ」

明日香がダイニングテーブルに、大皿をふたつ置く。

ずいぶん久しぶりの明日香の手料理だった。

明日香は引退しても、芸能界の裏方の仕事を頼まれていて、ほとんど家にいないのだ。

食卓に並んだのは、皿に盛られたカレーらしきものであった。

「……これ、なんだっけ」

「何って、カレーだけど」

そう言って、にこにこしながら明日香はスプーンを渡してきた。

「カレーってこんな色だっけ？」

「抹茶入れてみたの。美味《おい》しいんだって」

一抹の不安がよぎる。

この前、牡蠣《かき》フライを殻ごと揚げたのに比べれば、たいしたことはなさそうだが。

おそるおそるスプーンで口に運ぶ。

……苦い。

どこまでも苦かった。

スパイスが消し飛んでいる。

しかし、苦い。粉抹茶というのは、入れすぎるとカレーのスパイスをなかったことにできるのかと、感心しながらも顔をしかめて明日香を見た。

明日香もひと口食べて、顔を歪《ゆが》める。

「……ごめん」

「いや、まあ身体には悪くないだろ」

黙々と食べた。

明日香はうれしそうな顔をしていた。

そんな顔を見ていると、内心ではドキドキと熱くなってしまうのだが、それを隠してついついぶっきらぼうになってしまう。

美味しくしようという努力は認めるが、それにしても明日香は家事のカンがてんで悪い。しかも悪気はないから困ったものである。

「あー、苦かった。ごめんねえ。次は違うもの入れるね」

「……入れないという選択肢はないのか」

呆《あき》れて言っても、明日香は自分の皿を片づけながら、

「チョコとかバナナとかもいいなー」

と、楽しそうにひとりごとを口にしていて、微笑ましくなってしまう。

空になった皿を持ってキッチンに行く。

明日香がシンクの前で、皿を洗っている。鼻歌交じりで上機嫌だ。

（くうう、スタイルがいいんだよなあ）

思わず、明日香の後ろ姿をじっと眺めてしまう。

エプロンをつけた喪服のワンピースの豊満なヒップは、はちきれんばかり。二十六歳の女盛りを謳歌《おうか》するような色っぽいケツだった。

なんとなくだが、会った当時よりもお尻は大きくなった気がする。

タイトなワンピースのヒップ部分がパンパンに張りつめており、うっすらとパンティのラインを透けさせているのがエロかった。

キュッと絞られたウエストから、ムニュッと柔らかそうなヒップの肉の盛りあがりが、震いつきたくなるほど扇情的である。

（くそっ……これのどこが母親なんだよ……）

セミロングのゆるふわにウエーブさせた黒髪。

大きなアーモンドアイに、鼻筋の通った顔立ち。

美少女と思われる童顔だけど、こうして後ろ姿を見ていると未亡人らしいしどけない色気も加わり、もう見ているだけで襲ってしまいそうになる。

(キレイだ……いつ見ても……)

暗い気持ちを抱えつつ、揺れるヒップを見ていると、それだけで股間が疼いてしまう。

そんなときだった。

「あっ、やだっ」

明日香の声にハッとして、健一は目線をあげる。

キッチンの上にある吊《つ》り戸棚から、何かを取ろうとして明日香は背を伸ばしていた。

「なんだよ、何取るの?」

明日香の背後にまわり、手を伸ばす。

彼女が肩越しに見あげてきた。

「口直しにコーヒー入れようと思って。コーヒーメーカーを出そうかと」

「こんなとこにあるんだ」

そのときだ。

ふわっ、と甘い匂いがした。

前にいる明日香の艶髪からいい匂いが漂ってきたのだ。

（シャンプーかなあ……女の匂いだ）

コーヒーメーカーを取ってやろうと手を伸ばしながら、艶々した髪にそっと鼻先を近づけてみる。

甘い芳香だった。

（ああ、あすりんっ……）

健一は心臓をバクバクさせながら、本能的に明日香の背に己の身を押しつけてしまう。

強張《こわば》った股間が、タイトなミニ丈のワンピース越しのムッチリした尻たぼに触れた。

（あっ、お尻……柔らかい……）

明日香はわざと押しつけているのに気がつかないようだった。

股間が硬くなっていくのを、なんとか抑えつつ、

「はいよ」

と、何食わぬ顔でコーヒーメーカーを渡す。

「ありがと」

明日香はいつもの天真爛漫な笑顔を見せてくる。

（少しはおかしいと思えよな。わざと押しつけてるのに……）

そんなことを考えつつ、再びコーヒーの用意をしている明日香の後ろ姿を眺めた。黒い喪服のワンピース越しにヒップが揺れている。

撫でたい。触りたい……だけど……。

「なあに？」

向こうを向いたまま明日香が訊いてきた。

「いや、なんで着替えないのかなって」

「だって、ね。今日ぐらいは」

明日香はしみじみ言いながら、コーヒーメーカーに水を入れている。

だいぶ、というかもうほとんど父親のことを言わなくなってきているけれど、やっぱりまだたまに思い出すようで、寂しそうな顔をしていた。

（くそ……）

父の葬儀のときだった。

『健ちゃんを絶対に一人前にするからね』

変装した明日香は、墓石に向かって泣いていた。

まだ明日香の中は父がいる。

それが、どうにも健一には面白くない。

当たり前だが、義母とも思えないし、なんなら今でもこうやって性的な対象なのである。

だけど告白もできないし、気持ちも隠さなければいけない。

いつだってぎりぎりの状態だ。

じっと後ろ姿を眺める。

腰からヒップへ向けての稜線《りょうせん》がたまらない。

このまま後ろから抱きしめたい。

この喪服を脱がしてみたい。

そのとき明日香が、

「あっ、そうだ」

と、突然、声をあげて振り向いた。

邪な気持ちが伝わったのかと、健一はビクッとした。

だがそうではなかったようだ。

ぱたぱたとスリッパを鳴らしてリビングから出ていったと思ったら、すぐに一枚のプリントを持って戻ってきた。

「何、その紙」

健一は立ったまま淹《い》れてくれたコーヒーを飲みつつ、明日香に訊く。

「じゃーん」

明日香が見せてきたのは、パソコンのお絵かきソフトで描いた明日香の顔だ。

思わずコーヒーを噴く。

「ちょっと、大丈夫？」

明日香が心配そうにしながらも、ニタニタした顔を見せてくる。

「ちょっ、それ……俺の！」

手を伸ばして奪おうとするも、明日香は舌を出して遠ざけてしまう。

「さっき健ちゃんの部屋で見つけたんだぁ。ねえ、ここに描かれてるのは、さて誰かなぁ？」

挑発的な目で見つめられると、全身がカアッと熱くなった。

別に、それを誰にも見せるつもりはなかった。

明日香を描きたかっただけだ。

手を出す勇気なんてないから、描くことで欲望を紛らわせたかったのだ。

「いいじゃないかよ。近くにちょうどいいモデルがいただけだよ」

照れながらぶっきらぼうに言うと、彼女はニッコリ笑った。

「ふーん、私をモデルにねえ。言ってくれれば、ちゃんとモデルしたのに。というか、健ちゃんってそういう仕事したかったんだ」

「え、いや……まあ、そこまで深く考えてはないけどな」

なんとなく、イラストレーターになってみたいなあ、という願望が漠然とあるだけだ。絶対に絵を描く仕事についてやる、とか、そういう強い気持ちもないから中途半端な返事になってしまう。

「だったら、私、訊いてみようか。スタッフの人に。そういう仕事がないかって」

「いいよ。余計なことすんな」

リビングにいき、ソファに座ってまたコーヒーをすると、向かいに明日香が座って身を乗り出してきた。

「そっかあ。そうなんだぁ。絵を描く仕事かあ。大丈夫、絶対夢は叶《かな》うから、私だってそうだったもん」

こちらが心配するほど興奮している。

と、喪服ワンピースの裾《すそ》の暗がりに、ぼんやりと白い布地が見えて、健一は慌てて目をそらす。

黒のストッキングに包まれた、白いパンティがちらりと見えたのだ。

しかし、明日香はそんなこと気にしないようで、

「ねえ、その夢、お義母さん応援する。そっかぁ、ねえ、私にできることってあるかなあ?」

と、うれしそうに話しかけてくる。

お義母さんと言われて、またいつものようにムッとしてしまう。

(母親とか言われてもな……こっちはいまだにあすりんの動画で抜いたりしてるのに……)

「大丈夫。やる気があれば、なんとかなるわよ! ファイト!」

明るく言われて、さらに頭にきた。

自分がアイドルになれたからって、そんなに簡単には……。

ん?

突然、頭によからぬ考えが浮かんだ。

そうか。その手があった。

「ふーん。やる気になればなんでもできるんだな……わかったよ。じゃあさ、モデルやってくれないかな」

コーヒーカップを置いて言うと、明日香は目を輝かせる。

「もちろんいいわよ。ねえ。どんな格好がいい？　テレビ局の衣裳室にいけばなんでもあるから、今度持ってくるわ。ねえ、言ってみて」

「別に衣装なんかいらないよ。裸だし」

3

できる限り平然と言ったつもりだった。

しかし元人気アイドルである若い義母は、健一の言葉に可哀想《かわいそう》なくらい顔を青ざめさせた。

「は、はだ……？」

「そうだよ。女性の柔らかな身体のラインを描きたいって思ってたんだ。だけどネットとかで、画像とか動画見てもいまいちでさ。やっぱり本物見ないと」

デタラメもいいところだが真剣に言った。

明日香の脚が震えている。

言葉が出ないようで、頬がひきつっている。

「ほーら、やる気があればなんでもできるって……できないことだってあるだろ」

意地悪く言うと、明日香が乗ってきた。

ふくれた顔をして、こちらを真っ直ぐに睨んでくる。

「そ、そんなことない……」

ためらい顔がなんともセクシーだった。

困惑している元アイドルが、もじもじしているのにそそられる。

「できるわけないよな。元人気アイドルだもんな」

挑発的に言ってみた。

「……何、その言い方」

案の定だ。

明日香はムキになるところがある。

大人びて見えるときもあるけど、自分と歳もそんなに離れていない、若々しい二十六歳。

いける。

いけるかもしれない。

そう思うと興奮してしまうが、そんな昂ぶりを隠しつつ冷静に言う。

「無理するなって」

「……別に無理じゃないよ。ヌードぐらい、へーきだもん。母親だもんね。息子のためなら身体だって張れるんだから」

もう後には退《ひ》けないという思いが、表情ににじみ出ている。

小さな拳《こぶし》をギュッと握りしめて赤い唇を噛《か》みしめつつ、泣き出しそうな顔で健一を睨んでいる。

普通に考えたらおかしいと思うだろうけど、自分のことを本気で考えてくれているというのもわかった。

息子の夢のためなら文字通り、ひと肌脱ぐことも厭《いと》わない。

そんな気持ちなのだろう。

「……いいわ。脱ぐから」

元アイドルは目の下を赤く染めつつ、ゆっくりと息を吐き出すと、両手を背中にやってワンピースのファスナーを下ろしはじめた。

（へ、ウソだろ……ほ、本気？）

目の前で元人気アイドルの橋本明日香がストリップをしている。

健一の呼吸は苦しくなり、心臓がバクバクしはじめた。

唾をゴクリと飲み込んだ音が、やけに大きく頭の中に響く。

明日香は顔を赤くしつつ、こちらをチラリと見てから持っていたワンピースを離した。

黒いワンピースは、するりと明日香の身体を滑り、足元に落ちる。

健一は目を見開いた。

（うわわわっ……）

声が出そうになって、慌てて呑《の》み込んだ。

純白のブラジャーに包まれた、形のよいふたつのふくらみが露出した。

ブラジャーは細やかなレースのちりばめられた、可愛らしいデザインのハーフカップだった。

まじまじと見るのは……一年ぶりだ。

眠っていた明日香をイタズラした記憶が鮮明に甦《よみがえ》ってきて、股間が硬くなってきた。

（や、やっぱりおっぱい大きいな……）

くっきりとした深くて白い谷間に、目が吸い寄せられる。

眩しすぎる肢体に、健一は呼吸を忘れた。

そして下に視線をやれば……。

こちらも清楚な白だった。

黒いパンティストッキングに包まれた下半身は、二十六歳の女盛りを伝えてくるほどムッチリしていて、柔らかそうな女の魅力がつまっている。

（あの奥には、清らかなおま×こが……）

ひかえめな恥毛の奥にある清らかなスリットや、ピンクに色づく媚肉もすべて鮮明に覚えている。

頭が熱くなってきた。

その熱っぽい視線を感じて、明日香は怒ったように眉根《まゆね》を寄せた。

「……やっぱり私の裸に興味あるんじゃないの？　ホントにヌードを描くのが目的よね」

訝しんだ目でこちらを見た。

健一は全力で首を振る。

ここまできて服を脱ぐのをとめられたら、明日香を無理矢理押し倒して服を剝ぎ取ってしまいそうだ。

明日香は唇を嚙みしめている。

世の中の男を虜《とりこ》にする無邪気な笑顔は消え、恥じらいの表情が浮かんでいる。

「こ、この格好じゃ、だめ？」

明日香はせつなげな呼吸を何度も繰り返し、うかがうような目つきでこちらを見ている。健一は欲情した。

もっと見たい。いや、もうこれだけで十分だ。

天使と悪魔が自分の中でせめぎ合っていた。

興奮しすぎて喉が渇き、言葉が出てこなかった。すると明日香はつらそうに顔を歪めて口を開く。

「……いじわる」

えっ？　と思ったときだった。

明日香はおずおずと両手を背中にまわした。

どうやら黙っていたことが「もっと脱げ」という要求に見えたらしい。

（お、おい……本気か？　本気でブラもパンティも脱いでヌードに……）

食い入るように見ていると、ブラのホックが外れてくたっと緩む。

乳房を片腕で隠しながら、明日香はためらいながらも白いブラジャーを腕から抜き取った。

久しぶりに見た生乳房だ。

ハアハアと息があがるのを、健一は隠さなければならなかった。

いたいけな美少女的なルックスの可愛らしいアイドルが、黒いパンストにパンティを透かした恥ずかしい格好で立っている。

罪悪感が湧きあがると同時に、加虐心も芽生えた。

全身の脈が疼いている。

明日香は恥じらいに身をよじりながら、パンティストッキングのウエスト部分を指でつまみ、ゆっくりと丸めて脱いでいく。

ナイロンがヒップから剝《む》かれて、白いパンティと太ももが剝き出しになる。

太ももの張りも肉感的だ。

童顔で美少女なのに、身体つきがムッチリしていていやらしかった。

あと一枚。

あと布きれ一枚で、橋本明日香の全裸が拝める。

こうして明るいところで、明日香のヌードを見るのは初めてだ。

見たい。

見たくてたまらないと瞬《まばた》きも忘れた。

明日香が両手をパンティのサイドにかけた。

隠す物のなくなった乳房がこぼれ出た。乳輪が薄いピンクで乳首が可愛らしげに小さく屹立《きつりつ》している。

腰を深く折り曲げ、いよいよパンティが丸まったまま剝かれていく。

明日香が全裸になる。

すさまじい興奮に、健一は身震いするばかりだった。

ハアッと大きな息をついた明日香は、爪先《つまさき》からパンティを抜き取ると、乳房と股間を手で隠しながら、キッと睨んできた。

「どういうポーズすればいいの？」

一瞬、股を開いた猥褻《わいせつ》なポーズが浮かんだが、まさかそんなことを言えるわけがない。

「とりあえず、ソ、ソファに座って」

適当なポーズを告げた。

さすがに慣れたもので、明日香はソファに深く腰かけて、目線をこちらに向ける。

健一は自室からパソコンとペンタブレットを持ってきて、再びソファに座る。

「えー、えーと……足を組んで……」

言うと、明日香は慣れた感じで足を組んでポーズを決めた。

「こんな感じ？」

「あ、ああ」

震える指でペンを走らせるも、まともになんか描けはしない。

一年以上、いや、芸能界の一線を引退してもずっと忙しいから、一緒にいた時間なんてそんなに多くはない。

その期間を過ごしても、いまだ明日香の可愛らしさにはまったく慣れない。

（なんで可愛いのに、親父なんか選んだんだよ）

ペンを動かしつつ、もういない親父に対して嫉妬の気持ちがふくれあがった。

この美少女アイドルと、父親はどんなセックスをしたのだろう。

考えたくなかったことを、ついつい考えてしまう。

「なあ。あんな親父のどこがよかったんだよ」

健一は思わず口に出した。

そういえば、ちゃんと理由を訊いたことがなかったなあ、と、ふと思う。

明日香はふいをつかれたのか、組んだ足をほどいてうーんと考える。

隠されていた股間の繁みが見えて、ドキッとした。

「私ね。高校のときに芸能事務所にスカウトされてね。悩んでたんだよね」

「は？　会ったのは大学のときだろ」

「ううん、先生と初めて会ったのは私が高校のとき。なんだっけな、高校に出張講義って形で何度か来てたのよねえ」

驚いた。

まさかそんな昔から知り合いだとは思いも寄らなかった。

「それで、そのときに先生が、夢を追うのは悪いことじゃないって」

明日香は話しながらソファの上で体育座りした。

脚の間からワレ目が覗いた。

おおうっ。

健一は身を乗り出した。

どうやら話に夢中になっていて、見られているのに気づかないようだ。

「ずっと先生のこと尊敬してたの。それで私が大学に行ったときに、偶然にも再会してね。それでゼミに通うようになって」

なるほど。

その偶然の再会を運命と感じたワケか。

(女って、偶然とかに弱いもんなあ)

喋りながら、明日香がハッとして脚を閉じた。健一の猥褻な視線を感じたらしく、耳まで真っ赤にして上目遣いにじっと睨んでくる。

「ちょっとぉ」

明日香が近寄ってくる。

白い裸体が目の前に来る。

おいおいと思った。

「ねえ。ホントにホントに、描くのが目的なのよね」

念を押してきた。

近い。裸体が近い。

ドキドキしていた。頭が沸騰しそうだ。

そんなときだ。

玄関チャイムが鳴った。健一は慌てて玄関に行く。

（あー、危なかった）

そのまま押し倒したい衝動にかられるも、

『健ちゃんを絶対に一人前にするからね』

本気でそんなことを父に誓っている明日香に、いまだおいそれとは手が出せなかった。

玄関ドアを開けると、明日香のマネージャーの高橋《たかはし》がいた。

見た目からしてなよなよした、水商売というかホスト風の甘い顔立ちで、いつも派手なスーツを着ている。

「今晩は、水沢さあん」

甲高い声が響いた。どう見てもカタギではない匂いを漂わせている高橋に対して、健一はいつも引いている。

「な、なんですか」

「なんですかって、明日香から訊いてないのぉ？　芸能界復帰の話」

「は？」

芸能界復帰？

そんな言葉は聞いたことなかった。

「へ？　何それ、どういう……」

「いいからあ。とにかく入れなさいよ」

高橋が勝手に中に入ってくる。

「あ、ちょっ、ちょっと待って」

まずい。

明日香はもう着替え終わったかなと、ふたりでリビングに入る。

「おーい、明日香ちゃあん。ちゃんとこの子に話して……」

リビングに入った高橋は、明日香の姿を見たとたん目を剥いた。

（げっ！）

健一も卒倒しそうになった。

明日香は服を着ておらず、素っ裸のままだったのだ。

「な、な……」

やさ男の高橋のへらへらした顔が、怒りでみるみる怖い表情に変化する。

やはりカタギではないなと思っていたら、思いきり胸ぐらをつかまれて、壁に押しつけられた。

「このヘンタイ野郎！　親子で明日香を傷物に」

「ち、違うってば……これは」

言い訳しようとしても、簡単には聞き入れてくれそうもない。

やばいぞ、これは。

殴られると思い、とにかく高橋の手を振りきり、逃げようとした。

そのときだった。

「うわっ！」

テーブルに足を取られて、額を思いきりテーブルの角にぶつけてしまった。

意識が朦朧《もうろう》としてくる。

「健ちゃん！　きゃー、どうしよう」

明日香のヒステリックな声が聞こえた。

（裸を見ようとした天罰だな）

と、薄れゆく意識の中で健一は明日香に謝るのだった。

第三章　筆下ろしは隣家の美熟女で

1

リビングのテレビをつけると、ちょうど明日香が歌を歌っていた。

久しぶりの光景だったが、健一は面白くない。

(なんなんだよ、未亡人アイドルって……)

ソファに寝転びながら、テレビのリモコンでチャンネルを変えていくものの、興味を引くような番組がなかったので、また元に戻す。

すると明日香が出てきて、また腹が立ってしまう。

それを先ほどから何度も繰り返している
先日のことだ。

健一が明日香に襲いかかったという誤解が解けた後、明日香のマネージャーの高橋から言われたのは、明日香を「未亡人アイドルとして復帰させたい」ということだった。

「この子にねぇ。オファーがきてるのよ」

マネージャーの高橋は、ニコニコしながら出したコーヒーに大量の角砂糖を放り込んでいた。

健一は濡れたタオルでテーブルにぶつけた額を冷やしながら、その怪しげな提案に眉をひそめた。

「はあ？　親父が死んだことなんて、別に芸能ニュースにもなってなかったじゃないですか」

「そのときはね。一応事務所が抑えたのよ。だって、新婚二ヶ月よ。明日香が殺したとかへんなこと書かれたらイメージ悪くなるじゃない」

甘くなったコーヒーを飲みながら、高橋が言う。

「でね、考えたのよ、私。『一年前、結婚すると言って引退したアイドル橋本明日香だったが、わずか新婚二ヶ月で夫に先立たれて若くして未亡人に。亡き夫の生前の願いであったアイドルに電撃復帰して健気《けなげ》に頑張る』というストーリー」

安っぽい話だが、同情してくれる人間は大勢いるのだろう。

「で、おまえはやる気なのかよ？」

明日香に訊くと、困った顔をする。

「……そろそろ仕事しないとね、と、思ってたから……」

「そんなにウチは金ないっけ。バイトで一応、金入れてるつもりなんだけどさ」

健一が言うと、高橋はケラケラ笑った。

「あんたの月のバイト代なんか、明日香の一週間分ぐらいよ」

ムッとすると、明日香が制した。

「高橋さん、そんなこと言わないで。健ちゃんのお金ありがたいよ。それに私の稼いだ分やら先生の遺産もあるし、ここも持ち家でしょ？　お金なんか全然心配しなくていいの。でもね、まだたくさんファンレターがくるのよ……結婚してからも、ずーっとくるのよね。だから、それには応《こた》えたいなって」

そんな風に言われたら反論もしづらくなって、仕方なしに明日香の芸能界復帰を渋々認めたわけだが……。

音楽番組がＣＭに入る。

明日香が家庭用洗剤のＣＭに出ていた。

アイドルが洗剤？　と、思うだろうが、明日香は主婦なので洗剤のＣＭもおかしくないのだろう。結局のところ、高橋の読みは当たって「未亡人アイドル」は引く手あまただったようだ。

結婚して引退というニュースは大騒ぎになったが、その旦那《だんな》が亡くなって未亡人で復帰したというのも大きな話題になった。

はあ、とため息をついて、健一はリモコンでテレビを切った。

複雑な感情が交ざっていた。

亡くなってから一年が経とうとしているのに、明日香の中には父親の姿がまだあって、健一に対しては「いい母親であろう」という意識がある。

明日香とは「おまえ」とか「健ちゃん」と言い合うくらいに打ち解けていたけれど、当然ながらまだ明日香のことが好きだった。

だけど明日香の中にいる父親は、もう無敵の存在だ。

長く一緒にいれば、いずれいやな部分が見えてきて、離婚だってありえたと思うのに、死んでしまったらずっと美化したままだ。

より一層叶わぬ恋になってしまった。

だけど、やはり明日香のことは好きだ。大好きだ。

今ではアイドルとしての偶像ではなく、一緒に住んでみた上での「橋本明日香」本人が好きになってしまったのだ。

裏表のない一途《いちず》な性格や、意外に頑固なところ。

料理も下手だし、家事も全然ダメだけど、それでも面倒見がよくて、一生懸命なところも好きだった。

その好意を隠そうとすると、どうしてもつらく当たってしまう。

そんなジレンマがずっと続いているのだった。

2

日も暮れてきて、さて夕飯をどうしようと思っていたときだ。

隣家の真理子から連絡があって、夕食を一緒にどうかと誘いがあった。ちょうどよかったと、呼ばれることにした。

「夫が出張で孝史《たかし》も合宿でいないから寂しかったのよね」

真理子がにこにこしながら、そんなことを言う。

隣家の旦那は忙しいらしく、あまり会ったことはないが、高校生の息子である孝史とはたまにゲームをして遊ぶ仲である。

夕食前に洗面台で手を洗おうと、ドアを開ける。

部屋干しの洗濯物が吊るされていた。それを見て身体を熱くしてしまう。

（これ……おばさんの下着……）

真理子のブラジャーやパンティ、ベージュに純白の二セット。

どちらも地味なデザインで普段使いの下着であろう。それがなんとも無防備に干してある。

高校生の息子がいる三十八歳のおばさん……。

と考えると、無防備なのもわかるのだが、なんといっても真理子はかなりの美人なのだ。

タレ目がちで柔和な双眸《そうぼう》に、形のよい目鼻立ち。

それに加えて、口元の小さなほくろが色っぽさに拍車をかけており、妖艶《ようえん》な美熟女なのである。

そんな美熟女なのに、身体つきもムチムチしている。

おっぱいもお尻も大きいのが魅力的だ。

遙か昔、健一が中学生の頃から近所づきあいしながらも、美人でスタイル抜群なので、エッチな目で見続けていた人妻である。

（だめだ、おばさんの下着なんて興味を持っては……）

と思っていても、どうしても目がいってしまう。

今までよりも真理子を意識してしまうのは、明日香のことで、もやもやしているからである。

先日、ヌードを描きたいとウソをついて、明日香の一糸まとわぬ素っ裸を鑑賞してからというもの、どうも気持ちが昂ぶっていた。

はっきりいえば欲求不満である。

ダイニングに戻ると、揚げたての天ぷらが山のように積んであって、その横に瓶ビールが置いてあった。

「あっ、美味しそう」

と言いつつ、目が真理子の方を向いてしまう。

真理子が着ていたのは、グレーのキャミソールのような薄い生地の寝間着。

おそらくナイトウェアってやつだろう。身体にぴったりしたものなので、豊かな乳房のふくらみがくっきりと浮き立っている。

（やっぱり、おっぱい大きいな……おばさん）

いつものブラウス姿でも大きいと思っているのに、こうして薄い布地一枚で見れば、柔らかそうなふくらみの丸みが浮いていて、ちょっと動いただけでも、たゆんたゆんと揺れている。

意識してはいけないと思うほど、ナイトウェアの隆起する胸元に目が吸い寄せられてしまう。

どうかしてる、と思っても、胸だけではなくて短い裾からちらりと見えている真っ白い太ももにも心が奪われてしまう。

（いつもはロングスカートだから、太ももなんか見せないのに……おばさん、エッチすぎるよ）

普段は絶対に脚を見せない、ひかえめで清楚な熟女である。

そんな熟女のムッチリした太ももが、艶めかしかくて眩しかった。

ここまで短かったら、しゃがんだだけで、おばさんのパンティが見えてしまうんじゃないだろうか？

（ああ、まずい……今までこんなに意識したことなんてなかったのに）

夕食を呼ばれることは何度もあったけれど、真理子とふたりきりというのは初かもしれないと、ふいに健一は思った。

「おなかすいたでしょう？」

と、真理子が微笑む。肩までの黒髪から甘いリンスの匂いがふんわりと漂ってくる。メイクはひかえめなのに元がいいから美人である。

そんな美熟女が、無防備にセクシーな格好をしている。

だから、童貞の健一は視線が泳いでしまって、どこを見たらいいかわからなくなっている。

真理子が後ろを向けば、ナイトウェアの生地が薄いから、尻の丸みも形も完全に丸わかりだ。

視界からハミ出さんばかりの豊満なヒップが、歩くたびに、むにゅ、むにゅ、と左右に妖しくよじれている。

凝視していたら勃起してしまい、キュッと太ももを閉じた。

「健ちゃん、今日は飲む？　瓶ビールがあるんだけど」

と、言いながら、真理子はビールとコップをふたつ持ってきた。

二十歳《はたち》になった健一は、堂々と酒が飲める。

「うん」と言ってテーブルを挟んで座り、真理子がビールをついでくれた。

ふわっと石けんの甘い匂いがする。

（あっ……）

ビールをつぐために前のめりになっているから、わずかにナイトウェアの胸元が緩んだ。浮いたブラの中に小豆色《あずきいろ》がはっきりと見えた。

（ち、乳首っ……おばさんの乳首だ）

いかん、と慌てて目をそらす。

母親代わりをしてくれた隣家のおばさんなのに……と思いつつも、いつも以上に性的な目を向けてしまう。

正直に言えば、もう押し倒したい衝動で頭がいっぱいだ。

天ぷらに手をつけても、味がわからない。

「どう？　美味しい？」

訊かれて、

「あ、う、うん、うまいよ」

と言うのが精一杯で、頭の中は真理子のおっぱいのことばかりだ。

「しかし、困ったわねえ。あの子。また、アイドルをはじめたんでしょう？」

真理子がやれやれという風に、ため息をついた。

「ま、まあね」

「母親としての自覚がないのかしらねえ。まあないでしょうね」

そう言いながら、真理子はコップのビールをキュッと呷《あお》る。

深い胸の谷間がアルコールでほんのり赤く染まり、色気が増している。

おっぱいだけではない。

柔和な表情がとろんととろけて、双眸がまるで誘っている風に見えた。

「そんなことないけどさ……あいつも、まあ、いろいろ考えてる風だし」

「そうなの？　あの子が？」

真理子は訝しんだ顔をした。

父親と結婚すると聞いたときから、明日香のことをずっと懐疑的な目で見ていたのだから仕方のないことだった。

「でも……ねえ、健ちゃんは……その……大丈夫なの？」

真理子が神妙な顔つきをする。

「何が？」

「何がって、その、あの子とよ。母親といっても六歳しか違わないでしょ？　おかしな目で見ないかってこと」

「へ？」

思わずビールを噴きそうになる。

「そんなこと……ないよ」

「健ちゃんは、彼女とかいたかしら」

珍しくそんなことを訊かれた。

恥ずかしいが、ここで見栄を張ってもしょうがない。

「いないけどさ」

「じゃあ、ちょっと心配ねえ」

見つめられてドキッとする。

またおっぱいが見えそうになり、視線を泳がせる。

(な、なんか……おばさん、いやらしいよ……)

ビールを一気に呷った。頭がクラクラした。

元よりアルコールには弱かったし、久しぶりに飲んだので、酔いがまわるのがどうも早いようだった。

「ねえ、ひとりでいるのは寂しいでしょう?」

「えっ?」

思わぬことを言われた。

「いや、別に……」

グラスを置いた……つもりだった。

刺激的な言葉に動揺してしまい、グラスを倒してしまった。ズボンにこぼれたビールがかかってしまう。

立ちあがる前に、真理子がふきんを持ってきて拭いてくれた。

「ごめん、手が滑って」

「いいのよ。おばさんがへんなこと訊いたから、ごめんね」

飲みすぎたと思い、立ちあがろうとしたときだ。

「あっ」

くらっとして、バランスを崩した。

「キャッ」

足元にいた真理子を押し倒す形になる。

艶髪が、さあっと頰を撫でる。ナイトウェア一枚の悩ましい女体から、ムンと濃くて甘い匂いが鼻先をくすぐってくる。

「大丈夫？　健ちゃん」

下になった真理子が、心配そうな顔をしていた。

タレ目がちな双眸がうるうると潤んでいる。

アルコールのせいだろう。目の下がほんのりと赤く染まり、口元のほくろと相《あい》俟《ま》って震えるほど色っぽかった。

近い。
顔が近くて、アルコールを含んだ甘い呼気がかかる。
つき合いはかなり長いけど、これほど近くで真理子の顔を見たことがない。
至近距離で見ても、真理子は美人だった。
さらにグレーのナイトウェアの胸元がゆっさと揺れたのを見て、激しく勃起した。
「お、おばさん……」
とまらなかった。
明日香のことでひどく欲情していて、それを発散したくて仕方なかった。
思わず抱きつき、首筋にキスをした。
「あんっ……ちょっと、どうしたの?」
真理子が腕の中から逃れようと身をよじる。
(おばさんを襲うなんてっ)
自分でも、自分のやったことに驚いた。
でもとまらなかった。
思いきってナイトウェア越しの胸のふくらみを手のひらでつかんだ。

「あんっ……健ちゃんっ」

真理子がいやがりながらも、胸を揉まれて小さくのけぞった。

（今、おばさん……感じた？）

わからないけど、本能のままに強く揉みしだく。

（おばさんのおっぱいって、こんなに柔らかいんだ……）

頭の中が沸騰していた。

思わずギュッと抱きしめる。

肉感的なボディだと思っていたが、意外なほど腰が細くて驚いた。女の人はこれほど細くていい匂いがするのかと感動しながら、左足を真理子の両足の間にぐいぐいと差し入れた。

熟女のムチムチした太ももの感触が伝わってくる。

下を見れば、ワンピースタイプのナイトウェアが腰までめくれ、白い太ももが剝き出しになっている。

それどころかベージュのパンティまで見えた。

（いやらしいっ、おばさんのっ……熟女のパンティ……）

生で見る女性の下半身が、ますます健一を獣化させる。

「け、健ちゃんっ……」

真理子が見つめてきていた。せつなげな表情だった。

唇を重ねた。

腕の中で真理子の身体がピクッと動いた。

(柔らかいっ……ああ、おばさんとキスしてる……)

人妻の唇は柔らかく、しっとり濡れている。

ビールと天ぷらの混ざった匂いがする。だけど甘い呼気だ。

(おばさんの唇、柔らかい……)

頭が痺れきっていた。

もう、どうなろうとも関係なかった。

たとえこのまま、隣家と縁が切れようとも、真理子を抱きたくてたまらないし、頭の片隅で、

(おばさんで童貞を喪失できるんではないか……?)

と、不埒《ふらち》なことまで考えてしまう。

「んんっ……んはっ」

真理子がキスをほどいて見入ってくる。

ハアッ、ハアッッと息があがる。まるで全力疾走したみたいに、身体が熱くなって汗が噴き出ていた。

「健ちゃん……」

真理子は抵抗をやめて、慈愛に満ちた微笑みを見せてきた。

（あれ……どうしてっ？　いやがってるんじゃないのか……）

さらにおっぱいを揉みしだくと、

「んっ……」

真理子が恥ずかしそうに顔をそらす。

やはりだ。

やはり、いやがっていない。

呆然としていると、真理子はうっすらと目を開けて、ウフフと微笑んだ。

「あなたが本気なら……いいのよ。こんなおばさんの身体でいいのなら……」

言われて、全身がカアッッと熱くなった。

「え？　は？」

わけがわからなかった。

いきなり襲ったのに、真理子は受け入れてくれている。

「お、おばさん……どうして？　俺、無理矢理に襲っているのに」

組み敷きながら見つめると、真理子も見つめ返してくる。

「……昔から健ちゃん、私のことを見ていたわよね。その……女の人を見る目で」

「えっ」

バレていたのか。

そうだろうなあという思いも、今さらながら頭に浮かんだ。

大きなおっぱいやお尻は、目に焼きつけて何度もオカズにしていたのだ。

「そ、それは……」

「いいのよ」

言い訳しようとした言葉を、真理子が遮った。

「思春期で、そういう目で女の人を見てしまうのはしょうがないことでしょう。私も息子がいるからわかるのよ。でも、それはいっときのことで、私も口に出すつもりはなかったの。でも……」

そこまで話して、真理子は小さく息をついて、続けた。

「でも……健ちゃんも二十歳になったし、それでもまだ私のこと……ちょっとうれしいのよ。おばさんを女として見てくれるなんて。もしかしたら、悩みがあって、それでむしゃくしゃして襲ったんじゃないの？」

正解を言われて、動揺した。

「そ、それは……」

「ウフフ。いいの。好きなようにしても……健ちゃんに好きなことされたいのよ。それとも無理矢理したいとか、そういう方がいい？」

頭を横に振った。

「そんなことないよ」

「そう？　私は無理矢理されてもいいけど……」

包み込んでくれるような甘い笑みだった。

「む、無理矢理なんて」

「ウフッ。若い男の子が、おばさんの身体で興奮してくれるなんて……うれしいのよ。オチン×ンを硬くして」

真理子が手を下げて、ズボン越しに硬くなったふくらみを撫でてきた。

「……ッ！」

竿《さお》の硬さや形を確かめるような、いやらしい手つきに腰が震える。

すりすりと股間を撫でさすられると、さらに硬さが増してペニスの芯《しん》がジクジクと疼いてしまう。

（こ、こんなの……）

もう頭が真っ白になって、隣家の人妻とヤルことしか考えられなくなってしまっていた。

3

「うれしいわ。私の手で感じてくれて……」

真理子の目が潤んでいる。

リビングのカーペットの上で仰向けの美熟女を凝視した。

口元のほくろがなんともセクシーで、真理子の美貌を見ているだけで心臓がドクドクと脈を打つ。

真理子は目を細めて訊いてきた。

「キスしたら、健ちゃん、ビクッとしたけど、もしかしてキスも初めて？」

「な、ないよ」

明日香とはするが、言えるワケがない。真理子はウフッと笑った。

「キスも経験ないのに、それでおばさんを襲っちゃうなんて……」

組み敷いていた真理子がすっと手を伸ばしてくる。

ほっそりした指が頰に触れる。

潤んだ瞳は先ほどまでの優しげな雰囲気ではなく、色っぽい女を感じた。

「健ちゃん……お父様を亡くして寂しかったのよね……無理矢理に押し倒さなくても、私でいいなら慰めてあげたのに」

言いながら、首に腕をからめられ、引き寄せられる。

あっ、と思う間もなくまた口づけされていた。

胸をドキドキさせながら、人妻の柔らかな唇と甘い呼気を感じていると、隙間《すきま》から生温かく湿ったものが入ってきた。

（こ、これ……おばさんの……おばさんの舌が入ってきて……すごいっ。ベロチューだ。まさかキスだけでなく、舌もからませてくるなんて）

濃厚なディープキス。

口の中がとろけていくようだった。

柔らかな舌が、口の中で動いて、舌や歯茎を愛撫《あいぶ》してくる。

ねちゃ、ねちゃ、と唾の音がねっとりとして、甘い唾も飲まされると、興奮しつつも気持ちよすぎて意識がぼうっとしてしまう。

「ンフッ……」

唇を離して、真理子が下から目を向けてくる。

「どう？　初めてのエッチなキスは？　おばさんなんかでいいのか、わからないけれど」

「い、いいに決まってる。す、すごすぎて、頭がぼうっとしちゃって」

「ウフフ。よかったら、今度は健ちゃんも舌を動かしてみて」

言われるままに舌を伸ばし、人妻の舌をまさぐっていく。

「……んううっ……んぶっ……んちゅっ……あんっ、上手よっ……気持ちよくなっちゃう……んちゅっ……」

ねちゃ、ねちゃっ、と唾のからまる音が大きくなる。

（おばさんの唾……美味しい……なんでこんなに甘いんだろ……）

健一も劣情に任せて、舌で真理子の口の中をまさぐっていく。

「んふっ……ンンッ……」

すると真理子も興奮してきたのか、呼気が荒くなり、唇をすぼめて舌を吸いあげてきた。

（ああ……苦しいけどっ……気持ちいい……）

うっとりしながら、隣家の人妻との濃厚なキスに酔う。

すると今度は真理子の手が、こちらのスラックス越しに股間のふくらみを撫でてきた。

「ンッ！」

硬くなって敏感になっていた部分にまた触れられて、思わず腰を引く。

真理子がキスをほどき、濡れた瞳で見つめてくる。

「……ねえ。いやらしいことしてあげよっか？」

「え？」

これ以上いやらしいことをされる……。

その期待に、ますますチ×ポは硬く漲《みなぎ》りを増して、パンツに中に先走りの汁を垂れこぼす。

「……い、いいの？」

「ウフッ。いいわよ。健ちゃんが望むなら、好きなだけしてあげる。健ちゃんもおばさんを好きにしていいのよ……今日だけは……」

瞼の半分落ちた色っぽいタレ目がちの双眸で見入ってくる。

（おばさんで童貞を卒業したい……）

もやもやした気分をすっきりさせたかった。

それにはうってつけ……というか、贅沢《ぜいたく》すぎる相手だった。

「い、いいんだね。俺からで……」

ハアハアと息を荒らげながら真理子に迫ると、人妻は小さく頷《うなず》いた。

健一は震える手で、ナイトウェア越しの真理子の胸のふくらみに触れた。

「ンンッ……」

真理子はくぐもった声を漏らし、わずかに身をよじる。

「ウフッ……待ってて……」

真理子はイタズラっぽい笑みを浮かべると、ナイトウェアの裾をつかんで一気にめくりあげた。

頭から抜き取った瞬間に、ブラジャーに包まれた豊乳が、ぶるんっ、と飛び出すように現れた。

（おお！）

大きいのはわかっていたが、想像以上にデカかった。

ベージュのブラジャーに包まれた白い乳房が、今にもこぼれんばかりだ。

「ウフフ。健ちゃん、生のおっぱい見るのは初めて？」

「えっ、あ、うん」

顔から火が出るほど緊張しつつ、そっとふくらみを押してみた。

「あん、とりあえず押してみるんだ？　ウフフ、可愛いっ」

「えっ、あ、いや……」

言われて今度はムギュムギュと寄せたり、すくいあげたりする。そのずっしりした重量感に感動すら覚える。

「ウフッ、おっぱい好きなのね。いいわよ、おばさんのでよければ……」

真理子は優しく言いながら横を向き、後ろに手をまわしてブラのホックを外してゆっくりと腕から抜き取っていく。

こぼれた生乳房を見て、息がとまった。

とにかくデカい。片乳がおばさんの顔ぐらいありそうだ。

（ブラを外すと、こんなに大きいんだ）

おそらくＦとかＧカップだろう。

仰向けだから、左右に少し垂れ気味ではあるが、実に柔らかそうだ。

小豆色にくすんだ乳輪が年齢を感じさせる。

だがそれがエロくて、二十歳の童貞の心を惑わさずにいられない。

「ああ、すごい」

うわごとのようにつぶやきつつ、乳肉を揉みしだいた。

指が沈み込んでいくくらい柔らかいのに、その指を弾くような力がある。乳首がムクムクと尖りを増して、せり出してくる。

（あ、乳首って……ホントに硬くなるんだ……）

その尖りに導かれるように、突起にチュッと唇をつけてから、口に含んでチューッと吸うと、

「ぁあああん……」

真理子が声をあげて、顔をぐっとのけぞらせる。

（うわ……おばさん、感じている……）

うれしくなって、もっと舌を動かした。

あめ玉みたいに乳首を舐めしゃぶり、チュッ、チュッと吸い立てつつ、真理子を見た。人妻は、

「あっ……あっ……」

と、うわずった声を漏らして、気持ちよさそうな顔でのけぞっている。

瞼を閉じ、眉をハの字にした泣き顔だ。

（ＡＶで見たぞ。女の人が感じてるときの表情だ……）

自分が女の人を感じさせている。

股間のものが痛くなるほど興奮しつつ、舌全体でねろん、ねろんと、丹念に味わうように舐めていく。

次第に口中で、真理子の乳首はさらにムクムクと尖りを増していく。

「ンンッ……あーッ……あっ……はあっ……いやんっ……」

しばらく愛撫していると、真理子は上体をのけぞらせ、健一の頭をつかんでギュッとしてくる。

（おばさん……すごく感じているっ、女の人って感じてくると、こんなにも乱れてくるのか……）

健一は舌を横揺れさせ、さらにじゅるると力強く乳首を吸引する。

「あうっ、はうう……」

女の腰がビクッ、ビクッと震えはじめ、甘ったるい女の匂いに、濃い匂いが混ざってきた。

（これは、かなり感じているってことじゃないか？）

さらにちろちろと舌を動かすと、

「ウフフッ……初めてなのに上手よ。お勉強したの？」

「えっ、いやそんな……無我夢中で……」

「いいのよ、すごく。あんっ、吸って。もっと吸っていいのよ……おばさん、感じちゃうっ……あっ、あっ……」

真理子の腰が痙攣《けいれん》し、喘ぎながらムッチリした肢体をよじりまくってきた。

（すごい……息づかいが色っぽくて……声も甘ったるくて……）

表情を見れば、今にも泣き出しそうだ。

とろんとした目が潤みきっていて、昂ぶっているのがはっきりわかる。

「あん……だめっ……ああっ……」

真理子はヨガりながら手を伸ばし、股間のモノをまた握ってきた。

「うぐっ……！」

快楽の電流が背筋を走り、勃起の芯がジーンと疼く。

「私ばっかり気持ちよくなるのも悪いわ。健ちゃんを楽しませてあげる。けど、もっとおばさんの身体、好きにしたい？」

「え、い、いや、お願いしますっ」

ついつい敬語になってしまった。それくらい、して欲しかった。

真理子は健一に仰向けになるように言うと、ズボンと下着に手をかけて、一気に脱がしてきた。

（えっ……あっ……）

戸惑いを見せる間もなかった。

勃起が、バネみたいに弾け出てくる。

子どもの頃から知っているおばさんに勃起を見られるという恥ずかしさに、健一はカアッと頭を熱くする。

「あんっ、オチン×ン、すごいのね。先っぽがヌルヌルして……健ちゃんの大きいのね」

「そ、そんな……」

大きいと言われても、誇示するほどの度胸はなく手で隠そうとする。

しかし真理子にその手を除《の》けられ、いきり勃ちを握られた。

「く、くうぅ」

直に握られた瞬間、腰に電流のようなものが走り、健一は思わず腰をビクッとさせてしまう。

(ああっ、おばさんに触られている……)

細い指が根元に巻きつき、手のひらの温もりが伝わってくる。

「ああ……」

感動で思わず声を漏らしてしまう。

真理子は童貞の反応を楽しむように、目配せしつつ、分泌したガマン汁を肉棒全体に引きのばして、ゆるゆるとシゴいてくる。

(うわあああ……自分でするのとは全然違う……)

絶妙なタッチで、背筋がぞわぞわする。

下半身がとろけるようで、それでいて尿道がジクジクと熱く疼いていく。

「どう?　気持ちいい?」

「は、はい……」

夢心地だった。

ぶるぶると震えながら喘ぐことしかできない。

真理子は笑みを漏らし、肉竿を握りながらずりずりと上体をあげてくる。

そして、おっぱいを押しつけるようにしながら、健一のシャツをはだけて、乳首をねろねろと舐めてきた。

「あうっ……」

くすぐったいような感覚に全身が粟立《あわだ》つ。

ちろちろとよく動く舌で舐められながら、肉竿の表皮を刺激されると、射精のときの甘い陶酔感が早くも宿ってきてしまう。

「可愛いわね。健ちゃんって、これだけで感じるのね」

クスッと笑いつつ、真理子はまた身体を下げて、今度は勃起を持ちながら美貌をそこに近づけていく。

（えっ……）

ぬらりとした物が亀頭を這《は》いずり、健一は腰を跳ねあげた。

4

「うぐうっ」

あまりの気持ちよさに、健一は大きく呻いた。

（お、女の人が、隣のおばさんが俺のチン×ンを舐めている……）

衝撃だった。

頭の中が真っ白である。

「ウフフ……」

舐めながら真理子が見あげてくる。

いつもの優しげな表情が、淫《みだ》らに変わっている。

(くうう、気持ちいい……)

女性に性器を舌先で舐められるという衝撃に、腰をひくつかせていたときだった。

竿の先から半ばまで、勃起が温かな潤みに包まれた。

健一はのけぞり腰を震わせる。

必死に上体を起こして股間を見る。

やはりだ。真理子が股ぐらに顔を寄せていた。

(お、おばさんっ……ああ、俺の……洗ってないチ×ポを口の中に……)

フェラチオだ。完全にフェラチオだ。

真理子は眉間にシワを寄せて、苦悶《くもん》の表情をしながらも大きく口を開けて、健一の性器を舐めしゃぶっている。

自分の汚れた男根が、美熟女の口に出たり入ったりしている。

「ううぅん……」

人妻はくぐもった声を漏らしてから、ちゅるりと肉茎を吐き出して微笑んだ。

「気持ちよかった？」

「そ、それはもちろん……もう出ちゃいそうになって」

「ウフフ、よかったわ。こういうの、もう二十歳だから知ってるわよね。女の人って、好意のある男の人のモノを気持ちよくさせてあげたいと思うの。きっと彼女ができたらしてくれると思うわ」

「えっ」

好意という言葉に驚いた顔をしていると、真理子はまた咥え込んで、今度はもっと大きく顔を上下にストロークする。

「んっ、んっ……んぐっ……んじゅぷっ……」

唾液の音と、真理子の鼻にかかったくぐもった声が混じる。

「うあっ……おばさんっ……だ、だめっ……」

勃起全体が熱くなり、お尻の穴がむずがゆくてたまらない。

おしっこの出る性器を、真理子が口に含んでいるということに至福を感じる。

自分が特別な感じがして愛《いと》おしさを覚えるのだ。

（フェラチオって……すごい……こんな気持ちになるんだ）

思わず手を伸ばし、真理子の頭を撫でてしまう。

「……むふっ？」

真理子がしゃぶりながら顔を向けてきた。

「あ、ご、ごめん」

ハッとして健一は手を引っ込める。

だが、ちゅるっ、と肉竿を口から離した真理子は、

「いいのよ。気持ちよかったんでしょう？　奉仕されている気分になるから、頭を撫でたくなるのよね、男の人って。もっといっぱいしてあげる」

真理子は亀頭を握って上を向かせたまま、その裏側を舌全体でねろーっと舐めてきた。

「うぐっ」

柔らかい舌が、ぞわぞわする部分をくすぐってくる。

会陰から尿道までが熱くなり、射精したいという感覚が脳を焦がして、全身が震える。

真理子の舌は陰嚢《いんのう》から会陰までを丁寧に這いずる。

そうしてからいったん舌舐めをやめ、おもむろにO字に開けた口で、再び大きく頬張られた。

「くうっ」

健一は身悶《みもだ》えして腰を浮かす。

「ンフッ……」

その様子を見たのだろう。

人妻は含み笑いをしながらも、ゆっくりと顔を打ち振ってきた。

「んっ……んっ……んん、じゅるっ……じゅるる……」

舌先や頬粘膜で勃起をこすられる快感がたまらなくて、一気にチ×ポの先が熱くなってくる。

「うあっ、だめっ……で、出る……おばさん、出ちゃう！」

「むふっ？　いいのよ、気にしないで。健ちゃん、初めてなんでしょう？　そんなこと気にしなくていいから、気持ちいいと思ったときに出していいのよ」

諭すように言いつつ、人妻はそのまま再び咥え込み、じゅぽっ、じゅぽっ、と、唾液の音を立てながら、強く勃起を吸い立ててくる。

（ああ、出ちゃいそうだ……でもっ、このままじゃ、おばさんの口の中に……あの、どろっとした精液を……）

自分の精液のいやな臭《にお》いを思い描くと、口の中に射精するなんて申し訳ない気分でいっぱいになる。

だけど一方で、

（おばさんの口の中に出してみたい、汚してみたい……）

そんな暗い興奮も宿ってきて、健一はなすがままになっていた。

「ううんっ……んんんっ……」

真理子は健一の腰を持ち、さらに肉竿の根元までを強くこすってきた。

三十八歳の人妻なのだから、男が気持ちよくなる部分も知っているのだろう。

（……この唇の締め方すごすぎる、ああ……もう……）

楽しみたい、と思っても、そんなことも考えられなかった。

衝撃的な初フェラ。

しかも、キレイだと思っていた隣家の人妻に初めての甘美を与えられて、健一はもう耐えられなかった。

「くうう……だ、だめっ。出る……」

ひりつく腰をブルブル震わせながら、上体を起こして真理子を見る。

彼女は根元を握り、

「んっ……んっ……んんっ……」

と、小さく顔をストロークさせる。

（あっ、だめだっ……！）

どくっ。

どぷっ、どぷっ。

まるで音がしそうなほどの激しい射精だった。

「くううう……」

健一は仰向けのまま、床のカーペットを爪《つめ》で引っかくほど痙攣して、腰を浮かせた。

魂が抜けるほどの陶酔が訪れて、頭の中が真っ白になる。

チ×ポの先から、大量のザーメンが噴出した感覚。もやもやしたものが一気に晴れて、でも目をつむりたくなる気持ちよさ……。

「んんっ……」

そんなときに、真理子のつらそうな声が聞こえ、だるくなった身体を曲げて股間を見る。

真理子が眉間にシワを寄せ、咥えたままブルッと震えた。

（ああ、そ、注いじゃってる……おばさんの口に……）

あんな青臭くて、気持ち悪いものを口の中に注いだのだ。申し訳ない気持ちとともに、人妻を汚した快感がある。

真理子がようやく口を引いた。

頬がふくらんでいて口端から白い精液が垂れている。

「ごめん、おばさんっ」

健一は居間を見渡し、ティッシュを探す。

だが真理子は「ううん」と首を振ると、タレ目がちな双眸をキュッと閉じて、ごくんと喉を動かした。

「え……おばさん、の、飲んだ……？」

呆気《あっけ》にとられて訊くと、真理子ははにかんだ。

「ウフフ。健ちゃんのすごく苦かったわ。量も多かったし……でもいいのよ。いっぱい出してくれて。どうだった？」

「な、なんか……魂抜けたみたいで。気持ちよすぎて」

「よかったわ」

真理子は嫌そうな顔をしなかった。

ホッとしたと同時に、恥ずかしくて顔が見られなくなった。

余計に真理子に対する性的な興奮が湧いてきた。

出したばかりだというのに、鎌首がもたげてきてしまうのだった。

5

（射精した直後って、いつも気持ちが萎《しぼ》むのに……）

性欲が持続している自分に対して、健一は驚いていた。

いつもはザーメンを丸めたティッシュを捨てれば、そのあとはエッチなことは考えなくてもすむはずだ。

それなのに今は、口でしてもらった以上のことができないかと、心臓を高鳴らせて真理子の揺れるおっぱいや、ベージュのパンティに包まれた下腹部を見てしまう。

真理子も興奮したみたいで、ハアハアと息を荒らげている。なんとも艶めかしい表情だ。

「あんっ、すごいのね、若いって……もうそんなに大きくして……」

「なんかいつもと全然違って……おばさんのおっぱいや下着を見てたら、すぐにこうなって……」

素直に言うと、真理子は恥じらいつつも、健一を真っ直ぐに見てきた。

「健ちゃん……おばさんと……したい？」

濡れた目を向けられると、全身がカアッと熱くなった。

したい、というのはもちろんセックスのことだろう。

以前から美しいと思っていた隣家の人妻であり、世話を焼いてくれた母親のようでもあり……。

そんな人とセックスする……複雑な感情だった。

（夢で何度もおばさんとエッチした……無理矢理襲ったり、おばさんから誘惑してきたことも……そんな妄想が現実に……）

ほっぺたをつねりたい気持ちだ。

だけどこれは現実だ。

「し、したいよ、もちろん」

思いきって返事をする。

真理子が少し後ろめたいような哀しげな顔をした。

夫への罪悪感だろうかと、童貞の健一は勝手に想像した。

（もし、しちゃったら、おじさんにも顔向けできないな……）

だがそれでも、ヤリたくてたまらなかった。

ふたりとももう汗まみれで、ムンムンとした熱気と、汗、そして精液や発情したような匂いもふたりの間に漂っている。

エロい時間だ。胸が高鳴る。

「待ってて」

真理子は立ちあがると、恥ずかしそうにベージュのパンティに手をかけて、するすると剝いていく。

（うわわわわ……）

一糸まとわぬ熟女ヌードに、肉竿はビンと臍《へそ》までつくほどに硬く漲った。

おっぱいやお尻のふくよかさには圧倒されるが、目を奪われるのは全身の肉感的なムッチリさだった。

どこもかしこも脂が乗っていて、柔らかそうなのだ。

だが腰はしっかりくびれているからメリハリがある。男としてはたまらない身体つきだ。

「いいわよ。きて……」

真理子はソファに寝そべり、恥ずかしそうに顔をそむけている。

もうおかしくなりそうなほど、全身を熱くさせて真理子の足元に近づいていくと、繊毛の下にピンクの裂け目があった。

(おばさんの、お、おま×こっ！)

生の女性器は、すでに明日香のものを見ているが、これからここに自分のモノを挿入して、ひとつになると思えば興奮度がまた違う。

恐る恐る近づき、人妻の太ももをつかんで大きく開かせた。

(うおおっ……)

すごい光景だった。

赤ん坊がおしっこをするときみたいな格好で、三十八歳の美熟女の恥部が丸出しになった。

「あんっ……」

真理子がせつなそうな声を漏らし、脚を閉じようとする。

そうはさせまいと手で押さえつけながら、花びらを凝視する。

ぷくっとしたふくらみの中心部に大きなスリットがあり、色素の薄いビラビラがあった。

その中心部に濃いピンクの襞《ひだ》があり、妖しくぬめぬめと光っている。

（おばさん……清楚だけど、やっぱり熟女で人妻だな。おま×この色素がくすんでいて……エッチすぎる）

明日香とは色形がまったく違っていて健一は感動した。

清らかなおま×こも、経験豊富な人妻のおま×こも、どちらもいい。

だがエロいとすれば、真理子の方だった。

蘇芳色《すおういろ》の肉ビラの縮れ方が、人妻らしく使い込んでいて実にエロい。物欲しそうに蠢《うごめ》いて、透明な蜜《みつ》で照り輝いている。

（あ、あれ……濡れてるんじゃないか？）

いや、まだ何もしていないんだから、そんなことはないだろう。

そう思いつつ、健一は真理子の豊かな尻を撫でまわしながら、濃いめの恥毛をかき分けて、秘園に指を這わせてみた。

「あっ……！」

びくっ、として真理子が顔をのけぞらせた。

「あ、あんっ……そこ、だ、だめっ……」

彼女が健一の右手をギュッとつかんできた。

今にも泣き出しそうな顔で、いやいやしている。

驚いたのは、健一の方だった。

(ぬ、濡れてる。これ、やっぱり濡れてるんだ)

真理子の恥部は間違いなく、ぬるぬるしている。

「ああん、違うの……その……私、久しぶりだから」

濡れていることを恥じているらしい。

「やっぱり……これ、おばさん、濡れてるんだね」

「いや！　健ちゃん……言わなくていいから……」

また真理子が太ももを閉じようとする。

健一は腕に力を入れて、真理子の太ももを押さえつける。すごい力だと自分でも思うが、興奮しきっているのだから当然なのかもしれない。

そして再び、開ききった太ももの付け根に顔を近づけていく。

本能的に、女の亀裂に口をつけて舐めあげた。

「ああんっ……それだめっ……やっ、ンッんっ……！」

舌を這わせた瞬間、真理子が顔を持ちあげたのが見えた。上目でそれを見ながら、今度はもっとしっかり舐める。

（うわっ……ツンとする味だ……匂いも生臭いし……おま×こって、こんな味なんだ。キツい味だな……でもすごく興奮するっ）

思った以上に濃い味と匂いだった。

一瞬、うっ、と思ったものの、舐めていくと美味しく感じられてくる。さらに舌を伸ばし、ねろねろと夢中で舐めると、いよいよ愛液がしたたってくる。

「ああッ……ああっ……」

真理子がうわずった声を漏らしている。

舌を外して、そっと顔を上から覗けば、真理子はもうくしゃくしゃになった泣き顔でうつろな目を細めていた。

ほくろのある口元が半開きで、ハアハアと喘ぎまくっている。

普段のタレ目がちの柔和な表情や、いいお母さん的な微笑みが、今はこれほどまでにスケベな顔に変貌《へんぼう》をとげていた。

（清楚なおばさんでも、セックスのときはエロくなるんだ）

普段とのギャップに興奮した。

もっと見たい。

もっと感じた顔を見たい。

健一はM字開脚させた人妻の股間に舌を這わせて、さらには上部の小さな豆も舌でべろんっと舐めあげる。

「はあああんっ……それだめっ……ゆ、許して……おばさん、そこはだめなのッ……お願い……ああんっ……」

今まで以上に大きくのけぞり、股を閉じようとする力が強くなる。

手が伸びてきて、股間を隠そうとするので、その手も太ももと一緒に押さえつけて、さらに豆に舌を這わせる。

「あんっ、あんっ……だめっ、ああんっ、上手よ、健ちゃん……おばさん、すごく感じちゃう。あああっ」

「これ、クリトリス？」

顔をあげて訊くと、真理子はうつろな表情のまま小さく頷いた。

（そうか、ここが弱いところ……）

クリが感じる部分というくらいはわかっている。

弱いと聞いたなら、もう責めるしかない。

舌をすぼめて小さな豆をつつくと、真理子はいっそう背をそらして、両手でソファを引っかいた。

（ああ、すごい感じてるぞ！）

憧れだったおばさんを感じさせていることがうれしくて、さらにちろちろと肉芽を舌でなぞる。

「はあっ……！　ああんっ……ダメッ……ああっ……」

真理子がググッと腰を浮かせた。

そして……真理子がぼうっとした目をしながら、いよいよの言葉を告げてくるのだった。

6

「健ちゃん、おばさん、もうだめ……お願い……おばさんのここに入れて……」

真理子は恥ずかしそうにしながらも、自分の両手を股間に持っていき、スリットを指で左右に押し開いた。

（え？　えええ！）

あの普段は上品なおばさんが、まさかこれほどエッチなことをしてくるとは思わず、健一は唾を飲み込んだ。

だが、それだけ真理子は昂ぶっているのだろう。

改めてセックスの淫靡《いんび》さを思い知らされた。どんなに清楚でも、興奮したら女の人はこれほどまでに淫らになるのだ。

べとべとになった口のまわりを舌で舐めつつ見れば、真理子はセミロングの黒髪を乱して、せつなそうな目を向けてきていた。

全身がピンク色に上気して、汗で肌が照り光っている。

相当な美人で色っぽい人妻が、一糸まとわぬヌードをさらしながら、おま×こを、くぱぁっと自分の手で開いて誘っている。

もう一刻も猶予がなかった。

「お、俺もガマンできないよっ……おばさん……い、いくよ」

いよいよセックスする。

頭が熱い。

耳鳴りがして、心臓が破裂しそうだ。

「いいわ。できる？」

真理子が心配そうに目を細める。

「う……うん、やってみる」

やり方は、散々動画などで見ているからわかっている。

真理子の濡れたスリットに切っ先を近づけると、彼女は肉竿をつかんで導いてくれた。

「……ここよ」

「う、うん」

鈴口に小さなくぼみが当たっている。

思ったよりも下に、膣穴があった。そして思っていたよりも入り口が小さかった。

（ここに入るの？）

わからないが、無我夢中で腰を押した。

すると先端が入り口を押し広げる形になって、少しずつ嵌《は》まり込んでいく。

「あううっ！　あんっ、熱いっ……硬いのがっ、ああんっ……入ってくるっ」

真理子が叫んだ。

（は、入ってるっ！　おばさんの中に入ってるぞ……）

狭くてキツい。

そして中はぬかるんでいる。

興奮しきったまま、夢中でペニスを押し込んだ。

先端が隣家の人妻の秘裂を開いていき、どろどろのぬかるみに、ぬぷぷぷ、と粘性の音を立てて挿入する。

「お、おっきっ……あぁん、いやっ……」

真理子は顔をそらして、ぶるると震えた。

勃起が根元近くまで真理子の中に埋没していた。

（すごい！　これがセックス……俺、女の人とセックスしたんだ。童貞じゃなくなったんだ）

興奮で頭がおかしくなりそうだった。

熟女の中はあったかくて心地よく、トマトを煮つめたようなとろけた媚肉が、ぎゅっ、ぎゅっ、と分身を締めて射精をうながしてくる。

（くううう、一回出しておいてよかった……）

そうでなければ、入れただけで射精したのではないか？

女の坩堝《るつぼ》はそれほどまでに、気持ちのいいものだったのだ。

「ああ……おばさん……」

歓喜に震えて、真理子を見る。

人妻は目をつむったままで、瞼がピクピクと痙攣していた。

「おばさん、痛くない？」

訊くと真理子は目を開けて、慈愛に満ちた笑みを浮かべた。

「いいのよ、おばさんのことなんか心配しなくても……でも、どう？　気持ちいい？　初めてがおばさんなんかで、いいのかなって思ってるから……」

「気持ちいいよ……俺、おばさんでよかったと思ってる。ずっと前からキレイだって思ってたし。それにその……おばさんのスカートの中とか見て、ひとりでしたときもあったし」

真理子が後悔している顔をしたので、慌てて健一は感謝の言葉を並べた。

すべて本音だ。

隣家の人妻とセックスできた。うれしかった。

真理子は目を細めて、頭を撫でてくれた。

「ありがと。いいわよ、動いて……してみたいことしていいのよ。おばさんの身体を好きなようにして……私は大丈夫だから。健ちゃんに、好きにされるのうれしいから」

ジンとくる言葉を胸に、健一はその言葉通りにゆっくりと腰を動かした。

それだけで表皮が膣肉にこすれ、全身にゾクゾクした震えがきた。

（き、気持ちよすぎるっ……出ちゃいそう……）

温かな肉路を怒張で埋めながら、健一は猛烈な快感に息を荒らげる。

膣穴の入り口こそ大量の愛液で簡単にこじ開けることができたが、その奥は驚くほど狭かった。

ギュッと締めつけられると、出てしまいそうだ。

それでも射精を耐えつつ、健一はぐいぐいと腰を入れて、張り出した肉傘で人妻の狭穴を拡張していく。

「ンううッ」

朱唇を結んだ熟女が、きつく瞼を閉じ、くぐもった声を漏らす。

その表情がたまらなかった。

前傾するように、ググッと押し込んでいく。

「んんっ……ああンッ……」

押し出されるように真理子が悩ましい声をあげ、せつなそうに身体をよじる。

（くううう、色っぽいっ）

もっと突いた。

打ち込むたびに、大きなおっぱいが目の前で揺れる。

身体を丸めて、そのせり出した乳首にしゃぶりつき、さらに打ち込むと、

「あっ……あっ……あぅぅ……」

真理子が大きく顔をそらして、腰を震わせる。

もうとまらなかった。

ぐちゅ、ぐちゅ、と猥褻な水音が立つほど連続で突き入れる。

「あんっ……あんっ……あんっ」

甘すぎる熟女の喘ぎ声が耳に響く。

打ち込みながら、真理子を見た。

半開きの口からは、ひっきりなしにセクシーな吐息が漏れ、大きな目がどこを見ているかわからずに、視線を宙に彷徨《さまよ》わせている。

「感じてる顔、エロいよ、おばさん」

まるで夢心地の真理子の表情がハッとなって、イヤイヤをする。

「み、見ないでっ……あんっ……いじわるねっ……だって、あんっ……気持ちよくなっちゃうの、おばさん……ああんッ」

そんな刺激的な言葉を伝えられたら、ますます興奮が増す。

健一は猛烈に腰を使った。

いきり勃ったモノが、奥を穿《うが》ち、

「はあああああ！　ああんっ。だめっ、そんな奥まで……はううううんっ」

真理子が手を伸ばして、しがみついてきた。

おっぱいが押しつけられている。

そのボリュームに圧倒されながら、夢中になって、むしゃぶりつくようなキスをする。

「ううんっ……ンううんっ……むうう……むふんっ……」

息もできないほど激しく口を吸い合い、舌をもつれさせる。

(挿入しながらの、ベロチューって興奮するっ)

上も下もつながって、ひとつになってとろけそうだ。

キスをほどき、そのセクシーな感じた顔をしっかり眺めながら、奥まで何度も何度も突く。

真理子は息を荒らげながら、ぐっと腕をつかんできて、

「あんっ……あんっ……上手よ、すごくっ……」

と、さらに切羽つまったような表情を見せてくるので、もう昂ぶってしまい、がむしゃらに突きまくった。

すると、だ。

腕をつかんでくる真理子の手が爪を立てるほど強くなる。

「ああんっ、あんっ……だめっ、ああんっ……いやっ……だめっ、おばさん、イキそうよっ……」

泣き顔で真理子が訴えてくる。

(イクッてホント?)

演技かもしれない。

それはわからない。

だけど演技だろうが、なんだろうが、ここまで乱れてくれているのだ。

うれしかった。

それと同時に、こちらも限界を感じた。

「くうう……おばさん……俺も……」

自然と前傾姿勢になった。

真理子の裸体もそのまま腰が浮いて、脚を開いたままのマングリ返しになる。

「あ……いやっ……こんな格好っ……」

慌てた真理子が泣き叫んだ。

下を見れば、挿入箇所が見えていて、蜜にまみれた勃起が花弁を押し広げたまま、出たり入ったりをしている。

「ああんっ、だめっ、だめっ……」

真理子は真っ赤な顔を何度も振っている。

(すごく恥ずかしそうにしてる……これは演技じゃないよな、きっと)

本当にうれしかった。

きっと経験豊富な熟女は、下手な自分に合わせてくれているんだと思う。

それでも……。

自分はそれに応えている。

きっと応えることができている。

初体験で、女性が反応してくれているのは至福だ。

猛烈な射精の渇望がせりあがってきた。

もうもたない。

必死な顔で訴えた。

「ああ……で、出そうっ」

パニックになった。このままだと中出ししてしまう。

早く抜かないと、と思っていると、真理子がハアハアと息を荒らげつつ手を伸ばして健一の頬を撫でた。

「いいのよ……健ちゃん……出して、おばさんの中……急に抜いたりできないでしょう？　いいのよ、大丈夫だから」

微笑んでくれた真理子を見て、心が温かくなった。

いいんだ。

このままでいいんだ。

そう思うと気が楽になり、一気に突き込んだ。

「いいわ……いいのよっ……出したかったんだもんね……そうよね……ああんっ、中に、おばさんの奥に健ちゃんの、ちょうだいっ……」

「く、ああ……イクよ……あっ……ああ……」

健一は情けない声を漏らした。

次の瞬間……脳天に突き刺さるような快感が全身を包み、切っ先からは、どくっ、どくっ、と精液が放出される。

（ううう……き、気持ちいい……こんな射精したことない……）

出すたびに意識が奪われるようだった。

朧《おぼろげ》気な意識の中でも、真理子の奥に注いでいるという事実に全身が震えた。

「あんっ……いっぱい……熱いのが……健ちゃんの、きてるわ……私も、イ、イクッ……ああ……！」

真理子は絶頂したのか、何度も、ビクン、ビクンと痙攣した。

アクメした媚肉が、ぎゅっ、と搾り取るように締めつけてくる。

たまらなくて、ずっと入れたまま真理子を抱きしめた。

やがて健一は出し尽くしてから抱擁をほどき、幸せを噛みしめながら隣家の人妻と再び深いキスを交わすのだった。

第四章　狙《ねら》われた未亡人アイドル

1

「明日香ぁ。どう？　調子は」

マネージャーの高橋が控え室にやってきて、明日香の肩を揉んでくる。

「どうもこうも。仕事入れすぎっ。ライブのあとはラジオでしょ、そのあとに取材。で、朝も早いなんて……一応、主婦なんですけど、私」

明日香がむくれて言うと、高橋はいつもの軽い調子でケラケラ笑った。

「やだなぁ、もう……このご時世、こんなに仕事が来るなんて感謝しなきゃだめよぉ。しかしまあ世の中わからないものよねえ。結婚して引退したアイドルが、未亡人として復帰したら、未亡人アイドルで人気になるなんて」

「うん。まあ確かに」

ステージ衣装であるミニスカートを直しながら、明日香は答えた。

夫である修司が亡くなってからも熱烈なファンレターがたくさん届き、だったらと、小さく活動しようとした。

ところがだ。

いざ引退を撤回して復帰してみれば、哀しみを背負っても健気に頑張るアイドルとして、以前と変わらぬ人気が出た。

細々とファンと交流会でもしようかというレベルだったのに、蓋《ふた》を開けてみれば、バラエティ番組に呼ばれるわ、曲を出さないかと言われるわ。

さらには一年間だけ主婦をしていた経験を生かして、レシピ本も出すことが決まった。

あれよあれよという間に、引退前より忙しい日々である。

「ねえ明日香、アイドルママのレシピ本の次は、自叙伝出そうよお。ゴーストライターに書かせるからさあ」

高橋がウキウキなので、明日香はハアっとため息をついた。

「そこまでしなくても、もうちょっとセーブできない？　家のこととか全然できてないし」

愚痴を言うと、高橋に肩をギュッと痛いくらいに握られた。

「……明日香さぁ。いきなり結婚して引退されてさあ。それって本来、契約違反なわけよ。そこをさあ、なんとか不問にしたわけじゃない？　だったらしばらくは稼いでもいいわよねぇ」

目の前の鏡に映る高橋の目が、ビー玉みたいに黒く沈んでいて、明日香は背筋を寒くする。ホストみたいになよなよしているが、高橋からはカタギでない匂いがプンプンする。

「わ、わかってるわよ」

明日香は吐き捨てるように言う。

表では、ものわかりのいい事務所となっているが、明日香のいる事務所は小さいながらも反社とつながっているという噂《うわさ》があり、そんなにちゃんとしているところではないと明日香も知っている。

引退すると言ったときも、もちろん反対されたが、いずれ復帰するという条件つきだったのだ。

ブラックな事務所でも、デビューさせてくれて、アイドルという夢を叶えてくれた事務所である。

できる限り恩には報いたかった。

「お願いしまーす」

ドアの向こうから、スタッフが声をかけてきた。

「……でも、復帰後のアイドル活動は、期間限定でいいんでしょ？」

明日香が鏡越しに訊くと、高橋は一瞬、不満顔をするものの再びいつものなよなよ顔に戻って明日香を拝む。

「頼むわよぉ。ウチも今、苦しいんだから。しばらくはお願い、このとおーりだから」

そう言われると明日香も弱い。

だけど……。

もちろんファンも大事だし、事務所も大事だけど、今は健一のことで手いっぱいのところがある。

母親らしいことなんて何もできないし、そもそも母親って？　というくらいに存在が薄い。

（それでも先生と約束したんだから……）

以前から「俺が死んだら健一を頼む」と言われていた。

亡き夫の修司は天涯孤独で頼りもいなかったから、明日香に託すしかなかったのだ。

いつか健一から、「お母さん」と言ってもらえ……。

(言ってくれないだろうなあ。六つしか違わないし)

それでも、それらしく振る舞えば、きっと今みたいな反抗的な態度は柔らかくなると信じている。

ステージに向かう。

裏手にいても、熱い声援が聞こえてくる。

その声に応えなければと、明日香も気合いが入る。

ステージに上がる前に、バックダンサーたちが目を向けてきた。

ニコニコしているものの、やはり彼女たちから見ればライバルなんだろうなと思うほど、ぎすぎすしている。

(まあ、そうよね……私なんて、たまたま運がいいだけ)

ここにあがれるのはひと握り。

生活のすべてをかけていかなければ、弱肉強食の世界はすぐに抜かれて落ち目になっていく。

厳しい世界だ。

だから、きっと自分みたいに主婦とアイドルを両立しようなんて、きっとどこかでボロが出てくるだろうと思っている。

幕が開いた。

ステージにあがれば、たくさんの観客たちが手を振って、歓声をあげてくれている。

スピーカーから音楽が鳴り響く。

ミニスカートを揺らして踊りはじめると、観客たちは狂喜乱舞で声援を送ってくれる。

うれしいのに、以前よりも少し燃えなくなっているのは、アイドルに慣れてしまったからだろうか……それとも……。

2

夜遅くに家に帰ると、珍しく健一がいなかった。

最近はコンビニでバイトをはじめたのだが、夜勤などはしていないから健一の方が早く帰ってきているのだ。

寝室に行って、部屋着に着替える。

いつもの白いパジャマを着て、ふいにデスクの上にある、健一の描いてくれた自分の絵を眺めた。

（上手、よねえ）

額に入れてある明日香の絵はモノクロで、ところどころ線も跳ねていて、ラフ画像なのだが、それでも温かみがあった。

すごく上手い、というわけでもないだろうけど、思いが伝わってくる、気がする。

その思いというのは……。

わかっている。

母親としてではなくて、ひとりの女性に対するものだった。

日頃の言動からもなんとなくわかる。

ツンケンしているのは、自分の中で葛藤《かっとう》があるからだろう。

健一には言ってないが、昔から自分のファンなのも実は知っていた。

彼は隠しきれていると思っているだろうけど、こっそり部屋を覗いて健一の描いた絵を発見した。そのついでに、ポスターやらファンクラブの会員証やらを、机の引き出しに隠していたのを見てしまったのだ。

何度もそのことを言おうかと思ったが、本人が隠しているならそのままにしてあげようと思った。

と、同時にうれしくなった。健一は自分のファンだったのだ。

そして一方で、好きだった女性が母親になったという苦しい胸の内もわかってしまい、健一に同情した。

先日「裸を描きたい」と言ったのが、健一の精一杯の欲望の表れだったのもわかっている。

(やっぱりノーブラはまずいよね。あんまり刺激的な格好をしていると、マジで襲われちゃうだろうし)

明日香はパジャマの上を脱ぎ、クローゼットにある引き出しからブラジャーを取り出した。

ふいに姿見を見る。

緩やかにウェーブするセミロングの黒髪に、大きな瞳。

美人だ、可愛いと持てはやされても、明日香は自分の顔に自信がなかった。

幼稚すぎるのだ。

二十六歳なら、もう少し大人びた顔立ちでもいいように思えるけど、いまだ高校生のときと変わらぬ童顔だ。

いいなあ、と言われて羨《うらや》ましがられるものの、この童顔のせいで、健一に母親と思われないのは腹立たしい。

そのくせ胸元は大きく隆起しており、二十六歳の女盛りの丸みを描いている。

そして腰はくびれているのに、パジャマの下を大きく盛りあげるようにヒップは充実している。

姿見に自分の姿を映してみて、ハッとして顔を赤らめた。

(あれ？　お尻ってこんなに大きかった？)

ヒップの肉の盛りあがりは、自分で見てもいやらしかった。

パジャマの下が、はちきれんばかりに、妖しい丸みを描いている。

(だから、健ちゃんにエッチな目で見られちゃうのよね。ねえ、先生、どうしたらいいの？)

明日香は窓の外の星を眺める。

《健一のこと、見てやってほしい》

と言われたのだが、その健一から母親ではない目で見られていることが、なんともいたたまれなかった。

健一のことは好きだ。

だが、それは愛する人の息子だから……だと思う。

自分のことを好きだと知っている息子である。間違いを起こす前に離れて暮らすことも考えた。

だけど、それでは家族とは言えないのではないか。

明日香も親戚はいなかった。

物心ついたときには父母は離婚して、父に親権があった。

だが、父も母も離婚してからすぐに新しい人を見つけたために、どういう話し合いになったのかは知らないが、母方の祖父母に育てられることになった。

祖父母は優しかったから、不自由なことはなかった。

だけど、やはり父母がいないという寂しさはずっとついてまわった。健一には
そんな自分の若い頃をどうしても投影してしまい、ひとりにはしておけないと思ってしまうのだ。

「ただいま」

健一の声が聞こえてきて、明日香は寝室から出てリビングに行く。

「おかえりー！」

元気よく言うと、健一はギョッとした顔をして照れている。

（これでも、好きだという気持ちを隠してるつもりなのよねえ）

明日香がニコッと笑うと、健一は面白くもないような顔をつくり、通り過ぎようとする。

「ちょっとお、もう少しなんかないの？　私に。アイドル復帰したのに」

訊くと、健一は「うーん」と考えた顔をした。

「別に。俺、明日香のファンでもなんでもないし」

思わず笑いそうになったが必死に耐えた。

「ねえ、そういえば今日さあ、ＳＴＥの明里《あかり》ちゃんと会ったんだよ。健ちゃん、好きでしょ」

健一の顔が真っ赤になった。

「……なんで知ってんの？」

「部屋に入ったら、ポスターが……ねえ、今度、明里ちゃんのサインとかもらってあげようか」

「うっさいな。余計なことすんな。というか、勝手に部屋に入るなよ！」

健一は怒って、そのまま行ってしまう。

（懐柔作戦は失敗か）

明日香は「うーん」と考えながらキッチンに向かった。どうすれば母親と息子という健全な関係になれるのだろうかと思い、自分より好きなアイドルを応援すればいいんじゃないかと考えたのだ。

まあそれよりも、彼女でもつくってくれるのが、一番いいのだが……。

コーヒーでも飲もうと思っていたときだ。

（あれ？　コーヒーメーカーってどこだっけ？）

ふと考えてから、ああと思い出す。

確か吊り戸棚に置いたなと背伸びをしてキッチンの上の小さな扉を開けると、下からだけど、コーヒーメーカーのガラスが見えた。

（届くかしら？）

両手を伸ばしたときだ。

「あっ、やだっ」

めいっぱい背伸びしたから、手の先にコーヒーメーカーが当たっているのだが、ぎりぎりすぎて押し返すこともできない。

（そういえば、この前も健ちゃんに取ってもらったんだった。忘れてたわ。あーん、どうしよう……）

　このまま手を引っ込めたら、コーヒーメーカーが落ちてきてしまう。

　かといって戻すこともできなくて、爪先が痺れてぷるぷるしてきた。

（落ちてきたら、受けとめられるかしら……）

　無理そうだけど、落ちそうになるのを支えるのも限界で、手を離そうとしたときだ。

　大きな影が後ろからやってきて、落ちそうになったコーヒーメーカーを手で支えてくれた。

「ありがと、健ちゃん」

　お礼を言って、手を引っ込めようとしたときだ。

　健一が背後からギュッと抱きしめてきた。

「ちょっと、健ちゃん……」

　慌てて振り払おうとするも、力が強かった。

　冗談で抱きしめてきているのではなく、強張った健一の股間がパジャマ越しの尻たぼに押しつけられている。

　先日はもっとひかえめだったのに、今日ははっきりした欲情を感じた。

「……な、何をするの」

「べ、別に」

そう言いつつも、健一の腰が動き、勃起が尻の狭間《はざま》にこすられる。

「あっ……ちょっと、いやっ……あン」

逃げようと腰を揺すれば、さらに健一の性器を刺激することになってしまう。

「離れて、お願い」

哀願するも、背後からハアハアと荒い息が聞こえてきて、震えがくる。さらに強く押しつけられて、明日香は身体を熱くする。

「ああん。いやっ、健ちゃん……離れて。離れなさい」

二十歳の若者の性欲からくる硬さと熱さが恐ろしかった。

（ああ、すごく興奮してる……こんなにも硬いなんて……）

いけないことだと思うのに、亡き夫のことを思い出してしまった。

五十二歳だし、性的に淡泊だったから、明日香を積極的に抱くようなことはしなかった。

物足りなかったのは確かだが、それでも一緒にいられるだけの時間で十分に安らぎだった。

（やだ、先生と比べちゃうなんて……最低っ）

そんなことを思っていると、ヒップに違和感を覚えた。

「キャッ！」

パジャマの上から、いきなり双尻を撫でられた。

「や、やめてっ。健ちゃん、よして……」

明日香は瞳をひきつらせて、身をよじる。

そして彼のイタズラする手をつかんで、なんとかやめさせようとする。

しかしだ。

健一のイタズラはやむことなく、無造作にパジャマの下のズボンの中に潜り込ませてくる。

パンティ越しに、ヒップを撫でられた。

「ああっ……いやァ」

いやらしい手つきで尻肉に指を食い込ませてくる。さらには柔らかさや量感を確かめるように、ヒップをつかんで揺らしてきた。

唇を嚙みしめてイヤイヤと首を振る。

「健ちゃんっ、そこまでにして！　私、あなたの母親よ。もう許して……」

明日香がイヤイヤとするも、逃がそうとしてはくれなかった。

そのままズボンをズリ下ろされて、水色のパンティに包まれたヒップが丸出しにされる。

健一の手がパンティのサイドにかかった。

「あっ！　だめっ」

思わずだ。

手が出てしまい、そのまま健一の頬を平手打ちしてしまう。

「あっ……」

健一は頬に手をやると、そのままキッチンから出ていってしまう。

「待って。健ちゃん」

下ろされたパジャマのズボンを直してから、明日香は後を追って健一の部屋に入っていく。

健一はデスクの椅子《いす》に座り、肩越しにこちらをちらりと見た。

「ごめん、明日香」

それだけ言うと、椅子に座ったまま、うなだれてしまう。

「健ちゃん……」

明日香は背後からそっと、健一の背中に触れる。

今まで辛抱してくれていたのだ。

これで、もう健一とは暮らせないのだろうか。

そんなのはいやだ。

なんとかしたかった。

「……私の裸、見たい？　それとも、手とかでしてあげようか？」

思わず言ってしまった。

健一の背中がピクッと動いて、また肩越しにこちらを振り向いた。

「な、何を……言って……」

「……セックスはできないけど、私……それ以外のことだったら……いいよ」

ドクドクと心臓が高鳴っていた。

(仕方ないわよね、私とずっとふたりきりで……ガマンしてたんだもの。昔っから私のファンのくせに、それを隠して……)

明日香は椅子に座る健一の足元にしゃがみ、手を伸ばして彼のベルトを緩めはじめた。

「な、明日香……お、おい……何してるんだよ……」

健一の驚いた声を聞きながら、ズボンのボタンを外して、ファスナーを下ろした。

ふくらんだパンツに指を入れて、肉茎を取り出した。

「お、おい……」

見あげると、健一は目を丸くして、こくりと生唾を飲み込んでいた。

「いいの。苦しいんでしょう？　これくらいなら……私……」

こんなことをして、いいわけはなかった。

ただ、可哀想に思っただけだった。

震える手で、健一のそそり立つ肉竿をつかんだ。鉄のように硬くて、淫らな熱気が指腹を通じて伝わってくる。

（やだ……大きい……）

いけないと思うのに、健一の逞《たくま》しさに女としての欲情が湧く。

その恥じらいをかかえたまま、明日香は亀頭のくびれをこすり、根元までをシゴいていく。

「くうっ……お、おいっ……だめだって……」

健一が震え声を放つ。

戸惑いとは裏腹に、肉竿はうれしそうに脈動し、鈴口から透明な液体をあふれさせてくる。

(気持ちいいのね……)

先端からこぼれてくるカウパー液が、肉棒をシゴく手を汚してくる。

だがいやな気分ではない。

むしろ健一に対する愛おしさが湧いてくる。

(息子に対する愛情よね、そうよね……)

自分の気持ちを自分で再確認しつつ、明日香は握りしめたイチモツをこすりながら、義理の息子をうかがうように見る。

「気持ちいいんでしょ？　これで許してね」

健一の気持ちを思うと、憐憫《れんびん》の情が湧く。

彼の気持ちがわかってるからこその、行動のつもりだった。

だが……。

(どうして……どうしてこんなに、身体が疼いちゃうの？　息子なのに……)

身体が熱く火照《ほて》り、ハアハアと息が荒くなっていく。

これは息子に対する愛情だと思うのに、自分の気持ちとは裏腹に子宮がじゅんと熱くなってしまうのだ。

（違うわ。これは……同情よ）

手の動きを強めていくと、健一の震えが激しくなっていく。

（健ちゃん……）

明日香はせつない息をつくと、ゆっくりと口を大きく開けてから、ぬらぬらと液の垂れる切っ先に唇を被せていく。

「えっ！　あ、明日香っ、何を……ううぅっ」

咥えながら見あげれば、健一は気持ちよさそうにのけぞって、爪先までを痙攣させていた。

口の中の勃起が脈動していた。

（私、どうして……ここまで……）

いけないと思っている。

それなのに、本能的に義理の息子の昂ぶりを咥え込んでしまっていた。

「んんっ……ううんん……」

鼻奥で息を漏らしつつ、ゆっくりと顔を打ち振っていく。

しょっぱくて、男臭いホルモン臭と少しアンモニア臭もして、息をしているのがつらくなる。

だけど、やっぱりいやな気持ちはまるでなくて、むしろ気持ちよくなってくれるならどんなことでもしたかった。

(ああ、私……だめなのに……)

健一が可哀想だという気持ちのはずだった。

なのにますます身体は熱くなり、ブラジャーの奥で乳首がジンジンと疼いてしまう。

「くうう、も、もう……」

健一がせつない声をあげたときだった。

どん、と両手で突き飛ばされて、明日香は床に転がった。

起きあがって健一を見る。

哀しそうな目で、こちらを見ていた。

「やめてくれよ。同情なんて。俺のことなんて好きでもなんでもないんだろ。親父のことがまだ好きなんだろ。可哀想に思うってだけで、こんなことするなんて……」

健一はそれだけ言うと、ズボンを直してから立ちあがり、足早に部屋を飛び出していくのだった。

3

（同情……だったのかな……）

明日香は昨晩のことを思い出して、何度目かのため息をついた。

マンションの一角を使った小さな写真スタジオで、明日香は今度発売する写真集の撮影をする予定になっていた。

夕方から入ったスタジオの隅で、明日香は大きなダウンコートに身を包んだまま、ずっと浮かぬ顔である。

「梶原《かじわら》さん。今日はよろしくお願いしますねぇ」

マネージャーの高橋が、揉み手をしながらスタジオに入ってくる。

梶原というのは、グラビアなどを専門としている大御所カメラマンであり、坊主頭で筋骨隆々だが、仕事はできると評判だった。

カメラマンの梶原は、照明などのセッティングを終えたらしく、椅子に座ってスマホをいじりながら、「うーい」と業界の軽いノリで高橋に手をあげた。

（どうもこの人苦手なのよねえ……）

腕は確かなんだろうけど、えらそうな素振りが鼻につくのだ。

だけどそんなことを言えるわけもなく、明日香もおとなしく座って撮影時間を待っているだけだ。

怪しげなホストみたいな高橋が、いつものようにニタニタと笑いながら寄ってくる。

「今日も頼むよおぉ、明日香……あれれ、元気なくない？」

「別になんでも」

「そうお？　あの子となんかあった？」

ドキッとした。

健一のことだ。

「なんにもないってば」

高橋はこの世界が長いからか、カンが鋭い。

「まあ、いいけどねえ。しっかり仕事さえやってくれれば。でも何かあったら早めに言ってよねぇ」

「珍しく親身になってくれるのね、高橋さん」

「たまには言うわよぉ。一応マネージャーだしねぇ」

いつものように軽薄そうに笑う。

「しっかり稼いでもらわなきゃならないし。そのためにはこっちもなんでもするけどさぁ。でもまあ本人のやる気次第だけどねぇ」

「やる気はあるわ」

「そう？　でもまあ、少しでもやる気がなくなったんなら、さっさとやめてね」

えっ、と思った。

高橋はニコッと満面の笑みだ。

「意外と思ってるかもしれないけど、私の本音はそうよ。だってあんたの後ろには死ぬほど練習しているアイドルがごまんといるし。稼いではもらいたいけどさぁ。やる気がない人間は見たくないのよねぇ」

あっさりと高橋が言う。

確かに。今は人気があっても、すぐにどうなるかはわからないのが、芸能界というところだ。

そしてその人気を獲得するために、必死に努力している子がたくさんいる。

高橋の言う通りで、その気がないならすぐやめた方が、いいんだろうなとは思う。
しかし、まさか高橋がそんなことを言うとは思わなかった。
彼はアイドルを商売道具にしか見ていないと、ずっとそう思っていた。
「お疲れ様でーす」
若いスタッフたちの声が聞こえた。
見れば、すらりとしたスタイルの女性と貫禄《かんろく》のある年配の男性が立っていた。
女性の方は早瀬《はやせ》礼香《れいか》。高橋の上司だ。
三十五歳でまさにキャリアウーマンという風体の、できる美人マネージャーである。
だが、もう片方の男性がわからない。
見たことはある気がするのだが。
高橋はふたりの姿を見ると、揉み手をしながら近寄っていった。
「早瀬さん、杉崎《すぎさき》さん。どうしたんですか？　今日は……」
そうだ。あの年配の男は杉崎だ。
杉崎勝《まさる》はキー局のプロデューサーで、たまにテレビにも出ている大物中の大物である。

人をプロデュースするのがバツグンにうまいと評判で、彼が目をかけたアイドルやアーティストはみな、かなりの売れっ子になっている。

高橋との挨拶もそこそこに、ふたりがこちらに向かってきたから、明日香も慌てて椅子から立ちあがった。

「明日香ちゃん。紹介するわね。知ってるだろうと思うけど、杉崎さん」

礼香が紹介してくる。

「橋本明日香です。よろしくお願いします」

元気よく挨拶する。

杉崎は落ちくぼんだ目を細めて明日香を見た。

「未亡人アイドルとは面白いな。しかも色モンじゃなくて、なかなかの美人だ。確かに色っぽくて、人気が出そうだねえ」

ニタニタと笑みをこぼす杉崎に、明日香はぞわっとした。下品な顔つきをしていても眼光は鋭い。

「今日は水着撮影でしょ、明日香ちゃん。ちょっとダウンを脱いでみて」

「えっ……」

礼香に言われて、明日香は躊躇《ちゅうちょ》した。

別に水着を見せるくらいなら慣れているものの、どうも杉崎の目が怖かったのだ。

「は、はい……」

だけど、ここでいやだと言うわけにはいかない。

ダウンの前を開いて見せると、杉崎の視線は臆面《おくめん》もなく胸元、下腹部、そして太ももを這いずりまわった。

（ああもう……下品な目……）
八十八、五十六、八十五センチ。
Fカップのバストは自慢であるものの、これほどまでにジロジロと舐めるように見られて恥ずかしくて仕方ない。

明日香は杉崎の猥褻な視線に、もういいでしょ、とダウンの前を閉じた。

「いいなあ。その恥じらいが実にいい。ククッ。二十六歳か。若いわりに元人妻って感じでいい身体してるな。亡くなった旦那にたっぷり可愛がられたのかね」

ヒヒッと、陰湿に笑う杉崎に虫唾《むしず》が走る。

だがそんなセクハラ発言も、杉崎が口にしたら誰も咎められない。

明日香がダウンを脱いで撮影の準備に入っても、まだ杉崎と礼香は帰らずに隅の方で椅子に座っている。それどころか、カメラマンの梶原を呼んで、何やら打ち合わせをしているようだった。

(なんなのかしら、あれ)

不安に思いつつも、明日香は撮影用のソファに座る。

白のビキニはいつもなら恥ずかしくないが、杉崎と礼香がいるだけで値踏みされている気分で、どうも気分が悪い。

「明日香ぁ」

高橋が来た。

先ほどまでの調子の良い軽薄な顔が、少しやつれた風だった。

「なあに？」

「私、あなたのマネージャー降りることになったらしいわ」

「は？　え？」

虚を突かれて、明日香は目を丸くする。

「だって……私を未亡人アイドルって売り出してくれて。うまく軌道に乗せてくれてこれからだって……」

「難しいのよねぇ。芸能界って。わかるでしょう？　闇《やみ》よ、闇」

明日香は、高橋の後ろにいる杉崎と礼香を見た。

「何かあったの？」

「別に。ただまあ、明日香がこれからさらに売れるようにするなら、私なんかより確かに早瀬さんがマネージメントする方がいいってこと」

「そんな。私、高橋さんの方がいいよ。怖いけど」

明日香が言うと、高橋は珍しく優しく笑った。

「怖くてわるかったわねぇ。まあ、気をつけなさいよ。ここからはマジで本格的な芸能の闇よ。本気で売れたいなら私も何も言わないけど……」

「ちょっと高橋くん。いつまでいるの？　早く会社に戻りなさい」

礼香が切れ長の目で高橋を睨んだ。

高橋はチラッと明日香を見てから、踵《きびす》を返してスタジオを出ていった。

「ねえ、明日香」

礼香に呼ばれて、緊張が高まった。

「は、はい」

声がうわずる。

どうもこの人は苦手だ。高橋よりもさらに苦手だ。

「杉崎さんのプロジェクトができるから、あなたもそのつもりでいて」

「……プロジェクト？」

「そうよ。杉崎さんがあなたに興味があるんだって。これからテレビＣＭ、歌、イベントと目白押しよ。国民的アイドルになるんだから、未亡人アイドルとかキワモノやってる場合じゃないの」

「は、はあ……」

いきなり国民的アイドルとか言われてもピンとこない。

「ねえ、しっかりしてよ。引退も結婚もすんなり……すんなりじゃないけど、最後は黙認してあげたでしょ。今度はあなたが恩を返す番でしょう」

言われて考えた。

（恩ねえ……）

確かに結婚して引退するのは、多くの人間に迷惑をかけた。自分ができることなら、それに報いる必要がある。それはずっとわかっていたことだ。

「わかりました……私にできることなら」

「売れるためには、できないこともできるようになるのよ。それと、しばらくあの子の家にいかずに連絡もとらないで」

「あの子？　健ちゃんのことですか？　え？　どうして」

訊くと、礼香は小さな声でささやいた。

「マスコミが、そろそろあなたのことを書こうとしてるのよ。もちろん事務所の力でとめてるけどね。早くマスコミを黙らせるくらいの大物にならないと、あの子の個人情報がガンガン表に出ちゃうわよ」

「でも、健ちゃんは息子で……」

「わかってるわよ。今だけよ。一区切りつけば連絡とってもいいから。それまではラインも電話も一切ダメ。わかった？」

「それは……」

「明日香ちゃんっ、そろそろ、はじめようかあ」

カメラマンの梶原が割って入ってくる。

(どういうこと？)

何かわからないが大きな違和感を覚えた。高橋を外してまでするプロジェクトって、いったんなんだろう。

《本気で売れたいなら何も言わないけど……》

その先、高橋が言いたかったのは一体なんだろうかと気になった。

「そんじゃいこうか、ねえ、明日香ちゃん」

梶原が坊主頭を撫でながら、大きな声を出した。

「はーい」

水着姿の明日香は営業スマイルするものの、どこか引っかかったままだ。

「二十六歳だっけ？　いいねえ、色っぽくて。ソファにあがってみようか」

言われて両脚をソファにあげて体育座りすると、端の方でニヤニヤしている杉崎が見えた。

レンズを向けられてシャッターを切られる。

「ちょっと、横になってみようかー」

「そうそう、可愛いね。いいよお」

とにかく言われた通りにポーズを決める。

「背筋伸ばすとね、おっぱいがおっきく見えるよ。おお、いいねー」

カシャ、カシャ、と、何枚もシャッターが切られ、ストロボの光が瞬く。

明日香は白い肢体をソファに横たわらせ、上目遣いでレンズを覗く。

「おっ、いい表情ッ」

梶原がまたシャッターを切った。

やっぱりうまいなあ、と明日香は思う。

カメラマンは被写体をどこまでノラせるかなので、そういう意味ではやはり梶原は一流だと思う。

撮られるたびに気持ちよくなっていく。

身体が高揚して息があがっていく。

「もっとエッチな表情をしてみて。そうそう、男が興奮するような、そう！」

言われて、うっとりするような目をレンズに向ける。

思い描いたのは、健一のことだった。

同情とも憐憫ともつかない勢いとはいえ、義理の息子である二十歳の男の子の性器を咥えてしまったときのことだ。

（あんっ……）

キュンと身体の奥が疼いて熱くなっていく。

恥ずかしいのに、もっと妖しい自分を見て欲しいという、淫らな欲求が襲ってきてしまう。

「ようし、足、ちょっと開いてみよっか。しゃがんで両脚をこう……」

いつの間にか要求がさらに際どくなっていた。

「あ、あの……脚って……」

戸惑いの言葉を梶原に告げる。

彼はニッコリしながら、

「そんなポーズで何を戸惑ってんの？　みんなしてるじゃない」

と、レンズを向けながら返してくる。

確かにそういう写真集を出している子も多くいるが、明日香は「そんなポーズ」をしたことがない。

「え、でも……」

躊躇すると、それまで上機嫌だった梶原が冷たい目を向けてきた。

「ねえ、ちゃんとやろうよ。ほら、ちょっとだけ……」

明日香は杉崎と礼香に目を向ける。

礼香が腕組みして、じっとこちらを見ていた。

（どうしよう……）

高橋だったら、

「明日香はそういうのやってないんで」

と、とめてくれそうな気もするが礼香は違うようだ。

スタッフたちも待っている。とてもできないと言える雰囲気ではなかった。

（脚を開くくらいなら……）

覚悟を決めて、両脚を開いてカメラを向く。

すると梶原は容赦なく明日香の開ききった脚の付け根にレンズを向け、カシャカシャと何度も撮影する。

（いやっ……）

笑顔がひきつるも、梶原はその羞恥の顔もカメラにおさめる。

「いいね、いいよ。興奮する。ちょっとビキニブラの上から、胸を揉んでみて」

「えっ？」

「ふりだよ、ふり」

梶原は興奮気味に言いながら、レンズを向けてくる。

（そんな……）

自分の胸を揉むシーンなんて男の人には見せたくなかった。ましてや撮影されるなど……。

そんなときだ。椅子に座っていた礼香が立ちあがった。

「明日香。何をためらっているの？　そういうところを見せていかないとだめよ。

みんな困っているんだから、やりなさいよ」

厳しい声でぴしゃりと言われた。

（恥ずかしい……だけど、このままじゃ終わらない……）

明日香は長い睫毛をふるふると震わせ、ソファの上で大股開きしながら、おずおずと右手でビキニブラの上から乳房をゆったりと揉んだ。

突起がブラカップにこすれる。

感じてしまい、腰がビクッと震えた。

「んっ……」

甘ったるい声を思わずあげてしまった。

まるでオナニーしているところを見られているようで、たまらなく恥ずかしくて顔が熱くなってきた。

視線の中で、杉崎が不気味に笑っているのが見えてゾッとした。

第五章　美人マネージャーは騎乗位がお好き

1

「簡単な話でしょ。明日香と縁を切って欲しい。ただそれだけよ」

早瀬礼香はなんでもないという風に、ふわりとした黒髪をかきあげながら健一に告げてきた。

「は？」

いきなりの言葉に、健一は呆気にとられる。

礼香からホテルの一室に呼び出された健一は、何事かと思っていたが、まさかの言葉にどう返事していいかわからない。

ソファに座ったまま向かいのソファに座っている礼香を見ていると、彼女がおもむろに足を組んだ。

（あっ）

礼香はタイトなミニスカートを穿いていたので、ストッキング越しの黒いパンティが見えて慌てて目をそむける。

（い、いけない……こんなときに……）

自制しつつ前を向けば、礼香が切れ長の目を細めて笑みを浮かべていた。

礼香とは何度か会ったことがあるが、いつも緊張してばかりだった。

確か高橋からは、礼香の年齢は三十五歳と聞いていたが、三十半ばにしては若々しい雰囲気だ。

肩までの黒髪に、涼しげな切れ長の目。

高い鼻梁《びりょう》やシャープな顎のラインも相俟って、礼香は華やかで人目を引く美人である。

そんな美人であり、タイトなスーツの似合う有能なキャリアウーマンという風体の敏腕マネージャーなのだから緊張するのも当然だった。

しかもだ。

魅力はルックスだけではない。

胸元が悩ましいほど大きく隆起しており、女らしい丸みを描いている。

そして腰はくびれているのに、タイトミニスカートをピチピチに張りつかせるほどヒップはムチッとして、女としての魅力にあふれているのだ。

「それにしても明日香と六つ違いで親子ごっことはねえ。まさかあなた、手は出してないでしょうね」

礼香がぴしゃりと言う。

切れ長の目で言われると、見透かされているみたいでドキッとした。

「だ、出してませんよ。親父と結婚してたんだし、その……あんなんでも一応は母親だし」

襲おうとしたことは何度もある。

もちろんそんなことは一切口にするつもりはない。

「まあ信じるわ。でも、そんな若い男女がいつまでもひとつ屋根の下っておかしいでしょう?　マスコミもあなたが一般人だから黙っているけど、そのうち明日香がもっと売れてきたら、絶対にあなたのことを記事にするわ。息子と母親、わずか六つ違いの禁断の関係とか言ってね。事務所でも抑えきれないわよ」

「そんなことになりませんよ」

「ならなくても書くのよ、マスコミは。それっぽいことを」

「だったら、一緒に住まなくてもいいです。それは俺も考えてたことで……」

礼香が鋭い眼光を飛ばしてきた。

「それだけじゃだめ。きちんと戸籍から外れるの。いいこと？　役所に『姻族関係終了届』というのがあるから、それを提出するだけで赤の他人よ。どう？」

あっさり言って、礼香は腕組みした。

「どうって……」

言われて考える。

明日香との親子関係は秘密にしているから、大学でも知っているのは友人の武彦だけ。

あとは隣家の、時田家だけである。

一般人だからと、マスコミも報道をひかえているし、事務所が抑えてくれているのも知っている。

だが、確かにそのうちに押し寄せてくる可能性だってある。

「もちろん金銭的には援助させてもらうわよ。失礼だけど、お父様の遺産だけじゃ心許《こころもと》ないだろうし」

「そんなのいらないです」

はっきり言うと、礼香は立ちあがり健一の隣に座った。

（うっ……い、いい匂いだ……）

礼香の高級そうな香水の匂いに、くらくらした。

ぴたりと身体を押しつけてきているので、ストッキング越しの太ももや、胸のふくらみが当たっていて、身体を熱くさせてしまう。

しかもだ。

ちらりと横を見れば、麗しいまでの美貌が近距離にある。

これほどまでに美しい女性にくっつかれて、ほぼ童貞の健一はどうしていいかわからなくなる。

「明日香は言わないだろうから、私から言うわ。あの子は大手のケータイＣＭも決まって、これから国民的なアイドルになるの」

礼香の甘い吐息が顔にかかり、照れながらも返答する。

「……明日香が？」

「そう。今でも十分に人気だけど。これからはケタ違いよ。すでにスポンサーも広告代理店も動いている。未亡人アイドルなんてキワモノじゃなくて、正統派のタレントよ。ドラマの主役に、年末の歌合戦のＭＣだって狙えるの」

「ホントに？」

「疑り深いわねえ。企画書でも見る？　とりいそぎ、この春からはケータイＣＭ

と飲料水のＣＭが決まってるのよ。あなたの父親と結婚して引退したけど、元々はあの子はアイドルで頂点に立ちたかったんだから。だから、あなたが邪魔なのよ」

ぴしゃりと言われた。

確かに、大きなこぶなど邪魔なだけだろう。

「それ……明日香が言ったんですか？」

おそるおそる訊くと、礼香はニヤリと笑った。

「もちろんよ。訊いてみたらいいわ。旦那が亡くなった今は芸能活動に専念したいって言ってるのよ。きっと連絡はつかないから」

拍子抜けした。

「そう……なんだ……」

父親から、

《息子を頼む、と言われたから》

と、母親らしい言葉を口にしていた。あれは、なんだったんだろう。

父の遺言めいた言葉だったから明日香は守ろうと思ったけど、やはりそれはできないと心変わりしたのだろうか？

「聞いてる？」

礼香が切れ長の目を向けてきた。

ハッとして思わず目をそらしてしまう。

「……ねえ、あなたって童貞？」

いきなり過激なことを言われて、目が点になった。

「なっ、いきなり……何を」

「フフ。ずっと緊張してるから。そうなんでしょう？」

「ち、違いますよ」

「そう？　でも、女性には慣れてないみたいねえ」

ぐいと身体を寄せられた。

肘《ひじ》に柔らかいものが当てられている。

（おっ、おっぱいが……）

軽く触れているだけでも興奮していたのに、ブラウス越しにも柔らかな圧力まで感じてしまったら、昂ぶるに決まっている。

「ウフフ。ほら、見て」

礼香に言われて見た瞬間、健一の頭はパニックになった。

彼女が自分でブラウスの前ボタンを外し、ぐいっと開いて胸の谷間を見せつけてきたからだ。

「え！　なっ……」

肌は白く、黒いブラジャーとのコントラストがやたらエロティックだ。

健一は何も言えずに、顔を熱くしてしまう。

「フフ。別に交換条件ってわけじゃないわよ。どっちにせよ、明日香は母親なかで収まらずに国民的アイドルになりたがってるんだから。だからこれは餞別《せんべつ》。悪くないでしょう？」

心臓がとまりそうになった。

礼香が健一の手を握って、スカートの中に導いてきたからだ。

2

（明日香がアイドルを望んでる……そうだよな……俺のことなんか……）

ホテルのベッドにあがる前に、礼香はジャケットを脱いで、ブラウスに手をかけた。

黒のブラジャーに包まれた豊かなふくらみが露《あら》わになる。

スレンダーなボディと思っていたのだが、あきらかに大きかった。

さらにタイトミニのホックを外して、スカートを下ろすと、パンティストッキングと黒いパンティに包まれた意外にもムッチリした下半身が現れる。

太ももの肉感が柔らかそうで、やはり三十路《みそじ》を越えた女のいやらしさが全身からあふれている。

さらに続けて両手を背にまわして黒いブラのホックを外し、ゆっくりとブラジャーを取り去った。

（おおっ……）

スレンダーに似つかわしくない、重たげなバストがこぼれ落ちた。

デカいのに垂れてない。

少しくすんだ色味の乳首がツンと生意気そうに上向いている、形のよい美乳だった。

「いいのよ。私のこと好きにして」

耳元でささやかれて、健一は身を固くした。

彼女は妖しげに笑いつつ、ベッドに仰向けになる。

まさかの展開だった。

もう心臓が痛いほど高鳴って耳鳴りがする。

（これほどの美女を、好きにしていいっ……）

夢心地だった。

ルックスは華やかで、絹のようにさらさらしたミドルレングスの黒髪が、触れるだけで心地よさを伝えてくる。

肌は白く、シミやくすみなども見当たらない。

パールピンクのマニキュアや切りそろえられた爪など、身体のすみずみまで手入れされていて、とにかく美しいのだ。

（いや、気後れしててもしょうがない。明日香のことなんかもういい……）

同情してフェラチオなんてしてくる淫乱な女だ。

もう明日香のことは放っておいて、この極上のデキる女性と楽しみたいという気持ちが湧いてくる。自暴自棄になっているかもしれない。だけど、おそらくこの機会を逃したら、これほどの高めの女性を抱くことなんかないだろう。

おそるおそる手を近づけて、生の乳房にグッと指を食い込ませる。

（や、柔らかい……けど、弾力がすげえ……）

触り心地がたまらなかった。

まるでマシュマロだ。

仰向けなのに、おっぱいはまったく垂れていない。目を見張るような美乳に触れて手が震える。

さらに強く揉む。

手のひらを大きく広げても、つかめないほどの大きさに陶然としながら、ハアハアと息を荒らげて揉みしだいていく。

「ンフッ……どう？　私のおっぱい。ご期待にそえたかしら」

切れ長の目を向けてくるも、礼香も少し目の下を赤らめている。

「す、すごいです。柔らかいのに押し返してきて……」

ガマンできなくなってきて、健一は胸の谷間に顔を押しつけた。夢中でむしゃぶりつく。

「んッ……ンフフ。赤ちゃんみたいね」

礼香が頭を撫でてくる。

目の前に柔らかな肉房があって、顔を埋《うず》めていると甘い体臭にうっとりしてしまう。おっぱいに顔を埋めていながら、頭をよしよしされるなんて、男の夢だと息があがっていく。

(なんておっぱいだ……いや、礼香さんってスタイルがすごいんだ。腰はくびれているのにムチムチして……三十五歳のとろけるようなグラマーなボディ……)

蠱惑的《こわくてき》な肢体を抱きしめ、健一の股間は一気に昂ぶった。

「フフ、なあに、もうこんなに硬くして」

礼香が股間をまさぐりつつ、目を細めて口角をあげてこちらを見ている。

(うわあ、エロい顔……)

興奮しつつ、さらにぐいぐいとおっぱいを揉みつつ、ツンと上向いた乳首を舌でなぞりあげた。

「あんっ……」

礼香は突然可愛い声をあげ、それを恥じるように口元を手で隠す。

(感じやすいじゃないか……)

驚くとともに、真理子に言われたことを思い出した。

(そうだ。おばさんは俺のこと上手だって言ってたよな)

きっと自信をつけさせるためだとは思うけど、それでも、真理子に褒められたという事実で気後れしていた気持ちがすっと軽くなった。

健一は息を呑み、乳房に指を食い込ませて潰《つぶ》れるほど揉みしだく。

そうして、しっとりと指に馴《な》染《じ》んでくる乳肉のたわみを楽しみつつ、ピンと張ってきたトップを軽く頬張った。

「あっ……ううっ……ンンンッ」

礼香は口元を隠しながら、ビクッ、ビクッと身体を震わせる。

さらに、乳首をちゅうちゅうと吸うと、

「ああ……ホントに赤ちゃんね。やだ、舌でねろねろって、エッチな赤ちゃん」

と、言いつつも、礼香も少しずつ息があがってきている。

そんな風に言われても、まだ経験はひとりだけだ。どうやっていいかわからない。それでももっと感じさせたいと、健一は吸いながら舌をねろんねろんと動かして、突起全体を揺り動かすと、

「ああぁんっ……」

すると、礼香はさらに高い声を放ち、顔をのけぞらせた。

（か、感じてるっ……これほどの美人が俺の舌で……）

真理子とのセックス経験が、これほど早く生きてくるとは思わなかった。

うれしくなって礼香の大きなバストを捏《こ》ねるように揉みしだき、乳首を押し出

しながら、かすめるように乳頭部を舐める。

「くううっ……ちょっ、ちょっと……おっぱいばっかり……ああんッ」

礼香の腰が浮いている。

チュウウと音を立てて吸ったり、軽く歯を立ててみたりした。

「あっ……あッ……」

舐めていると、また礼香の様子が少し変化してきた。

どうにもならないといった、つらそうな表情で、

「ああっ……んっ……アッ……ああンッ……」

と、少し鼻にかかるような甘ったるい喘ぎ声に変わって、全身をくねらせはじめてきたのだ。

(うわああ……エ、エロい……)

乳首は口の中でさらに硬くシコり、汗ばんだ味と匂いが強くなっていく。

「ウフンッ……いいわ。た、たまらないっ」

礼香の腰が動いていた。

もっと感じさせたいと、片方の乳首を舌であやしつつ、もう一方の乳房を、ひしゃげるほどに強く揉みしだく。

「んふっ……アア……あんっ……ちょっと……ああっ、あっ……あううんっ」

礼香は眉間にシワを寄せ、色っぽい表情をさらしてくる。

ぐにゅうと手で乳房をつぶし、ねろねろと舌を丹念に這わせていく。大きな乳輪を唾まみれにするまで舐め続けていると、

「あ、アアッ……あううんっ……も、もういいから……ああんっ」

礼香が瞳を潤ませて見つめてきた。

細い眉がつらそうに歪み、今にも泣き出しそうだ。

腰も物欲しそうに動いていた。

パンティストッキングの張りついた豊かな下半身が「こっちも触って」と言わんばかりに、せりあがってきている。

（し、下も……いいのかな……）

いよいよ健一は、肉感的な下腹部へと手を伸ばす。

太ももはほどよくムチムチして、触り心地が素晴らしかった。肉のしなりをパンスト越しに味わいつつ、そのまま豊かなヒップを撫でまわしていく。

（お、大きいな……お尻……）

そこからさらに股の間に右手を差し入れる。

「んうぅん……」

ストッキング越しにパンティの底布に指が触れると、礼香は腰を淫らにくねらせた。

（な、なんか湿ってないか……？）

まさか、という思いを持ちつつも、股ぐらに触れている指で柔らかな恥部をなぞりあげると、熱気とともに湿った感触を指先に感じた。

「ううんっ……ウフフ。いいわよ、脱がせて」

礼香が湿った声を漏らして、脱がしやすいように腰を浮かせる。

健一は思いきってストッキングに手をかけて、引っ張りながら丸めてズリ下ろしていく。

（おおおっ）

レースの施された黒いパンティが、できる女の風貌《ふうぼう》によく似合っていた。

かなりのハイレグで布の面積は小さめだ。しかもよく見れば一部がシースルーデザインで繊毛を透けさせている。

（エッ、エッチな下着……）

悩殺パンティに見惚《みと》れつつ、震える指で脱がしにかかる。

丁寧に少しずつ丸めて下ろしていくと、整えられた繊毛の奥に、肉の貝が見えてきた。

（おおう、やっぱり違う……明日香とも、おばさんとも……）

肉の土手が妙に厚みがあり、ぷっくりとふくらんでいる。指で土手肉に触れると、ぷにぷにとやたら柔らかい感触が伝わってくる。

（こ、これ……盛りマンってヤツかな……）

女性器が盛りあがっていて、見た目もかなりエロい。

それよりもだ。

挿入時に柔らかいクッションのようになるから気持ちいい、と聞いたことがあり、それを試せるのもうれしい。

（すごいな。いい女なのに、アソコも一級品なんて）

生唾を飲み込み、指でそっとワレ目に触れてみた。

「あっ……」

礼香がビクッとして、腰を揺らめかせる。

指よりも、舐めてみたくなった。どんな味がするのか、真理子とは違う味なのか、興味津々だ。

健一は身体をズリ下げていき、恥毛の奥にある盛りあがった肉を舐めてみた。ピリッとする味だが、真理子とはまた違って、もっと濃い味だ。たまらなくなって、夢中でクリトリスにも丁寧に舌を這わせていく。ここは弱点だとわかっている。

「あっ、あんっ……ぁああ……だめぇっ……」

礼香が恥辱の声をあげる。

太ももがぷるぷると震えている。

よし、と、思いきって中指と人差し指でVの字をつくり、そのまま亀裂をぱっくりと割り裂いた。

真理子のしていた仕草を真似《まね》したのだ。

「ああ……いやっ。ちょっと……」

礼香が首を横に振った。

さすがのキャリアウーマンも、おま×こをぱっくりと開かれて、じっと覗き込まれるのは羞恥らしい。

（可愛いところもあるんだな……いいぞ）

じっと見ていると、仰向けの礼香はキッと睨んでくる。

「ああんっ……もう、そんなに眺めないでっ」

焦っている。

これはいけるぞと、健一は指をそっと陰部に差し入れてみる。

「あ、あんッ」

礼香がクンッと顎をそらす。

（濡れてる。すごい……熱いっ……）

指を入れて奥までかき混ぜつつ、クリトリスも舐め転がした。

「はぁんっ……」

礼香は湿った声を放って、腰をくねらせる。

「い、いいんですか？」

震える声で聞くと、礼香は眉根を寄せた表情で見てきて、

「ウフフ。生意気なことを訊くのね……いいわ、口惜しいけど気持ちいい。それより、私にもさせて」

礼香はそう言うと、健一をベッドに仰向けに寝かせて、自分は脚を開いて身体にまたがってくるのだった。

3

組み敷かれて改めて見ると、礼香のスタイルは日本人離れしていて、外国のモデルのようにメリハリがある。

おっぱいはツンと上向き、腰のくびれからのヒップや太もものボリュームが、まるで女王蜂《じょおうばち》のようにふくらんでいるのだ。

「どう？　悪くないプロポーションでしょう。明日香もいい身体しているけど、私の方が男好きする身体つきよね」

確かに、豪語するだけはあると思った。

目を皿のようにして見ていると、健一の上で馬乗りになっていた礼香は、身体をズリ下げていき、細い指で健一のベルトを外す。

そしておもむろに、ズボンと下着に手をかけて脱がしはじめる。

「えっ……あっ……ちょっと……」

あっけなく下ろされると、ビンビンに勃起したペニスがブルンと、うなるように飛び出てそそり勃った。

（うわっ……）

自分でも恥ずかしくなるほどの勃ちっぷりで、先端はガマン汁でぬらついている。礼香がそびえるものを見て、息を呑むのがわかった。

「ウフフ、なかなか立派なオチン×ンね。ねえ、もう射精したいんでしょ。ビュッ、ビュッて、熱いの出したいのかしら？」

耳元に熱い息をかけながら、礼香は硬くなった肉棒を握り、さわさわとフェザータッチでこすってきた。

「うっ！」

触り方がソフトな分、じれったさが身体の奥から湧きあがってくる。

礼香はゆったりと根元を撫でてから、人差し指の爪で敏感な裏筋を、すうっと撫でてきた。

「ああっ！」

電流が背中を走り、ブルルッと身震いしてしまった。

間違いない。礼香はチ×ポの扱いがうまい。

簡単に手玉に取られてしまう。

「あらあら、汚して……」

ちょんちょんと鈴口を指でつつかれて、そのまま粘着性の先走り汁を塗り込まれる。指先に透明な糸がついていた。礼香はわざわざ健一の目の前に、その汁の糸を見せてくる。

「うう……」

恥ずかしさに、カアッと顔が熱くなる。

だけど心とは裏腹に、勃起は「もっとして欲しい」とビクビクと脈動した。

「呆れた。もうこんなに興奮してるの？」

彼女は唇の端を歪めて笑みをこぼす。

何をするのかと思って見ていると、いきなり素足で股間をギュッと踏みつぶしてきた。

「あうっ……」

美熟女の足裏が、勃起を押し倒したまま、ぐりぐりと踏みつけてくる。

「ウフフ。どう？　あなたはこれで十分でしょう？　ほら、早く白いの出しちゃいなさいよ」

屈辱だった。

だが、柔らかな土踏まずで、すりすりと勃起の表皮をこすられると、

「くっ……くぅぅ……」

みじめさとは裏腹に、射精への渇望がたまっていく。

「ウフッ。足コキだけでイッちゃう？　いやでしょう。お願いすればいいわよ、欲しいって。明日香がこんなこと、してくれないでしょう？」

目の下を赤らめつつも、礼香の切れ長の目が淫靡に光っていた。

別に明日香とどうこうなるつもりはなかった。

というよりも、向こうがそんな気もないし、息子としか見ていないのだから、どうにもならないことはわかっている。それに明日香が人気アイドルになりたいというなら、きっぱりと縁を切った方がいいとさえ思っている。

「ああ……お、お願いします。もう、出ちゃいそうで」

「……仕方ないわねぇ」

礼香はクスクスと笑うと、仰向けの健一の足元にしゃがみ、手を伸ばして勃起に指をからめてくる。

そして分泌液のにじむ尿道口に、チュッと唇をつけてきた。

「ううっ！」

肉厚の唇の感触が一番敏感な部分に触れ、ゾクッと背筋が震える。全身が硬直し、会陰に痺れが走った。

「フフッ。いい反応じゃないの……それよりすごいわね、若い子って。こんなに硬くして……」

ゆったりとした手つきで肉竿をシゴかれつつ、ねろりとした生温かい舌で亀頭冠を舐められた。

「おううっ」

くすぐったいような、ぞわっとした感覚が全身に走る。

これ以上されたら、腰がおかしくなりそうなほどひりついているのに、もっとして欲しくて腰を浮かせてしまう。

「ウフフ……いやだわ、腰なんて動かしてきて……」

竿をあやす手つきに、ますますいやらしさが加わっていく。

と、思っていたところだった。いきなり咥えられた。

「くぅっ……」

尿道が一気に熱くなり、健一は必死に奥歯を嚙みしめる。

礼香に切っ先を頰張られて、腰がとろけるのではないかと思うほどの快美に包まれていく。

（フェラチオだ……くぅぅ）

経験は三人目。

さすがに少しはこらえられるかと思ったが……。

「んんうっ……んんうっ……」

礼香は鼻奥からくぐもった声を漏らしつつ、ゆったりと顔を打ち振ってきた。

窄《すぼ》めた唇が、表皮をずりゅ、ずりゅとこすってくると、もう気持ちいいどころか昇天しそうな快美だ。射精への渇望が一気に高まっていく。

「くぅ……ぅぅう……」

イチモツの先が熱くなり、芯が痛いほど疼いている。なんとか尻穴に力を入れて放出をやり過ごすのが精一杯だ。

「……んんううんっ……ううんっ」

咥えながら、三十五歳の美女が色っぽい上目遣いで見つめてくる。

うっとりした表情をしていて、次第に顔を打ち振る速度も速くなっていく。勃起に舌がからみついてきて、腰が抜けるほどの快感がふくらんでいく。

「ンフッ……すごいわ……口の中でピクピクして……火傷《やけど》しそうなほど熱くて、ああんっ、ねえ……ねえ……」

勃起を口から吐き出し、媚《こ》びを売るような甘い声で言って、礼香は腰をゆらめかせてからまたまたがってきた。

しかも今度は後ろ向きだ。

白くて美しい背中をこちらに見せつつ、勃起を握って前傾してくるのだから、大きなヒップがこちらに向かって突き出されてくる。

「ううわっ」

思わず声を出してしまった。

それほどまでにすさまじい光景が目の前に広がっていた。

礼香は仰向けの健一に覆い被さり、シックスナインをしかけてきていた。

大きなヒップが目の前にあり、くなくなと揺れている。

「ああんっ……ねえ、いじって……」

肩越しに向けてくる目が、なんともセクシーだった。改めて目の前を健一は凝視した。

（ああ、お尻とおま×こが眼の前に……信じられない。シックスナインだよ。こんなエッチなこと……）

尻の狭間からは、薄いピンクのおちょぼ口が見えている。

その深い尻割れの前方に、濃い繊毛と薄いピンクの花弁がうっすらと口を開いて、ぬめぬめと光っていた。

いや、内部だけではない。大きなビラビラもしっとり濡れている。

先ほどよりも蜜の匂いが強く、鼻奥にまでツンときていて、それがさらに欲情を誘ってくる。

（おま×この匂いって、女性によって全然違うんだな……）

先日まで童貞だったとは思えぬ感想を思い描きつつ、ぬるりと狭間を舌で舐めあげると、

「あんっ……」

礼香が甘ったるい声をあげ、上になったまま背をそらす。

「いいわっ。すごく……もっと舐めて」

言われるがままに、続けざまに舐めた。

ぬめっとした粘着質の透明な汁が舌にまとわりつき、酸味じみた強い味を伝えてくる。

（くううっ……ピリッとする味。エッチすぎる……）

礼香のマン汁は興奮する味だ。夢中になって尻をつかんでスリットを上から下

まで舐めつけつつ、クリトリスも指で薄皮を剝いて舌を這わせてやる。

「ああっ……ああ……うまいじゃないの」

艶めかしい声をあげながら、しかし、礼香はシックスナインで健一の勃起を舐めつけてくる。

「くっ……」

また口の中で肉竿が蹂躙《じゅうりん》されて、健一は腰を浮かせてしまう。

しかし健一も震えながらも、真珠のような突起をねろりねろりと舐め続ける。

（くうう、性器を舐め合いっこするなんてっ……）

少し前まで童貞だった二十歳には、過激すぎるプレイだった。

尻の狭間から垂れてくる、ねっとりした愛液をすすりつつ、さらに唇をクリトリスにつけてチューーッと吸い込んだ。

「ぁあああああっ……！」

今のは、礼香でもさすがにかなり感じたらしく、フェラチオをやめて背中を大きくのけぞらせる。

（い、いいぞっ……）

経験豊かな美女を前に気後れしていたものの、少しずつだが大胆なことができるようになってきた。

「ああんっ……いいわっ……もう欲しくなってきた。ウフフ。悪くないわね。明日香にもう連絡とらないって言ったら、何度もさせてあげるわよ」

礼香がまたがったまま、こちらに向き直り、健一を見すえて言った。

「え？」

「これからもしてあげるって言ったの。真面目そうな顔して、いいもの持ってるんだもの」

礼香が含み笑いをする。

「それは……」

「いいわね。これがあの子の夢のためなのよ」

なんだか理不尽だと思っても、明日香が人気のアイドルになりたいという夢は間違いなかった。

今、その足手まといになっているのは、確かに自分だと思う。

小さく頷くと、礼香は口角をあげて目を細めてきた。

「ウフフ、大きいから楽しみだわ……」

礼香が膝《ひざ》を曲げて仰向けの健一をまたぎ、屹立に指を添え角度を調整しながら腰を落としてきた。

（ああっ……！）

美女のＭ字開脚だけでも興奮するのに、ＡＶでしか見たことない騎乗位をされるのだと知り、胸が熱くなる。

（お、女の人が、自分からまたがってくるなんて……）

目を見開いたまま息を荒らげていると、陰茎の先が濡れた秘裂に当たり、そのままぬるぬると嵌まり込んでいく。

「ああン……」

しゃがみながら礼香は甲高いよがり声を放つ。

丸い双尻がストンと落ち、男根が温かな潤みに埋没した。

「おぁ！」

健一は思わず声をあげて、顔を跳ねあげた。

礼香の中はびっしょりと濡れて、内部の粘膜が生き物のように、きゅっ、きゅっとペニスを食いしめてくる。

「くっ、うう……」

たまらなかった。

（な、なんだこりゃ……）

騎乗位だからか、それとも礼香の膣の角度なのか、真理子のときよりも亀頭が奥に嵌まっている感触がある。

「ああ……すごいわ……大きくて熱い……」

悩ましい声を漏らし、礼香が大きく脚を開いたまま、健一に目を向けてきた。

上体を起こし結合部を見れば、イチモツは完全に根元まで呑み込まれて、礼香の中を貫いている。

熟女の膣内は想像以上のとろけ具合だった。

「はぁぁ、奥までくるっ……ああん、すごいわ」

彼女は感じ入った声を漏らしつつ、くいっ、くいっと、腰を前後に揺り動かしてくる。

「うあっ……」

根元まで咥えられたまま揺さぶられる。

それだけでも心地いいのに、美女が自分の上に乗って淫らな腰振りをしている様子は、すさまじくエロティックだった。

（す、すごい迫力……）

とろけるような腰使いだった。

快感が深すぎて瞼がピクピクし、早くも尿道が熱くなってくる。

「ああ……気持ちいい……」

うわごとのように声を漏らすと、礼香がまた妖艶に笑う。

そして続けざまだ。

今度は腰をまわすようにグリグリと動かしてきた。

「う！　おおおお」

ぬちゃ、ぬちゃ、と音を立てながら、礼香はリズミカルに腰を振り、ぐりぐりと股間を押しつけ合わせてくる。

淫裂から愛液がしとどに漏れる。

健一の陰毛は、べとべとに濡れそぼった。

（くううっ、腰をぶつけられるのがいいっ）

腰骨があたりそうなのに、礼香が腰をぶつけてきても、柔らかくて気持ちいいのだ。

おそらくこれが盛りマンの恩恵なのだろう。

「ああ、いいわ、いいっ！　奥にきてるっ……ああんっ」

両手を健一のシャツ越しの胸に置き、さらに大きく脚を開いて、あられもない姿勢で腰を振っている。

豊かなミドルレングスの髪は乱れ、目鼻立ちの端正な顔立ちは、今は快感にとりつかれたような色っぽい表情を見せている。

大きなおっぱいは腰振りに合わせて揺れ動き、健一の目を楽しませている。

(くうう、熟れた膣肉がチ×ポに吸いついてきて……気持ちよすぎるっ)

快楽に翻弄《ほんろう》され、もうどうにもならなくなってきた。

「や、やばっ……だ、だめですっ」

必死に訴えると、汗ばんだ顔をした礼香が目を向けてきた。

「どうしたの？　出ちゃいそうなのかしら」

「は、はいっ……」

「仕方ないわね」

礼香はウフフと笑って腰の動きをとめて、覆い被さってきた。

ふんわりと柔らかくて、甘い匂いに包まれる。

上から身体をぴたりと合わせてきたので、たわわなふくらみが押しつぶされて、豊かな弾力を胸に感じた。

「おううううっ！」

あまりの気持ちよさに、思わず奇妙な声を出して、身体をぶるぶると痙攣させてしまった。

礼香が驚いて、

「……どうしたの？」

と、心配そうな目を向けてくる。

「あ、あの……身体が……ギュッとされて、き、気持ちよすぎて」

素直な気持ちだった。

肉体がむっちりして柔らかく、汗ばんだ素肌のすべすべさが心地よくてたまらない。

この極上の裸体なら、いつまでも抱いていたいくらいだ。

「フフ。ああ、びっくりした。へんな声出すんだもの。でも、私の身体で感動してくれたみたいね。オチン×ンが私の中で、ビクビクしてる」

そう言うと、礼香が背中に手をまわして、再びギュッと抱きついてきた。

「うっ……」

驚いている健一を尻目に、礼香が顔を近づけてきた。

「可愛いじゃないの。いいわ……出すときは、自分で動いて出したいでしょ。下から突きあげてみて」

続けざま、抱きしめながら礼香が唇を重ねてきた。

「んんっ……！」

信じられなかった。身体が石のように固まった。

（ウ、ウソだろっ。こんな高飛車な人が……セックスさせてあげるだけって。それなのにキスまでできるなんてっ。ああ、唇っ……柔らかいっ！）

まさかのまさかだ。

身体を許してくれても、キスを許してくれるとは思わなかった。

しかも、向こうからしてくれるなんて……。

ただただ呆然と、されるがままに口づけされていると、

「ンンッ！」

ぬるりとした舌を差し入れられた。

興奮が、もうどうにもとまらなくなってくる。

夢中になって健一も舌をからめていく。

（ああ、甘い……礼香さんの口の中って……）

うっとりしながら、激しくベロチューしていると、

「うんん……んんんっ……」

いつしか礼香は悩ましい鼻息を漏らしながら、熱烈な舌遣いで健一の舌をまさぐってくる。

背中にまわす手に力がこもる。

挿入したままのキスに、次第に意識がぼやけていく。

健一もギュッとした。

(た、たまらんっ)

これほどの美人と恋人同士のように抱き合い、唇を貪《むさぼ》り合うのは夢のようだ。

激しく勃起しつつ本能のままに、グッ、グッと下から礼香の膣内を突きあげる。

「んんっ、あああっ！」

キスを無理にほどいた礼香は顎をあげた。

「いいわ。上手よっ。あんっ……だめっ……アアンッ」

甘ったるい声をあげながら、礼香は再び上体を被せて抱きついてきて、さらに激しく唇をぶつけてくる。

「んふっ、んん」

ねちゃ、ねちゃ、と、ねばっこく舌をからませていると、ペニスがギュッとしぼられていく。

「あああっ、だめぇぇ、私もイキそう……」

礼香が唇をずらして、ハアハアと息を荒らげて視線をからませてくる。

「くうう……」

そこまで言うなら、イカせたかった。

だが、それ以上にイチモツに限界を感じた。

ぐいぐいと下から突きあげるたび、甘い陶酔感がふくらんで、もうどうにもならなかった。

「ああ、だめですっ。出る」

抜かなければ。

そう思った矢先だ。

「ウフフ。いいわ。出しなさい。私の中に……」

礼香が耳元でささやいてきた。

えっ、と思ったが、もう耐えきれなかった。

「おおおっ……ダ、ダメです、おおっ！」

蜜のあふれる美熟女の膣中に、灼熱《しゃくねつ》の精汁を流し込んだ。

ブリッジするような体勢で、どくっ、どくっ、と熱い精を放って、奥まで注ぎ込んでいく。

(ああ……なんなんだこの気持ちよさは)

魂が抜けるようだ。

全身が痺れて、ひきつるようだった。

「あぁあ……きてるっ……ああんっ、熱いの注がれてるッ」

礼香はいやがるどころか、愛おしそうに腰をこすりつけてきて、まるで搾り取るように精の子種を甘受する。

(こんな美人の中に、俺は射精したんだ……)

夢心地のままに礼香を抱きしめる。

明日香のことを考える余裕など、そのときにはもうなくなっていた。

4

その日は結局、明日香は帰ってこなかった。

忙しいときは近場のホテルに泊まったりするから、別にそれ自体が珍しいことではない。

しかし、礼香にあそこまで言われたから、もう二度と戻ってこないのではないかと不安になった。

何度も電話かラインをしそうになった。

だけど、今さら連絡をとってどうする、という気がして、結局はそのままだった。

（未亡人アイドルか……）

父親が死んで一年。ファンが待っているからと明日香は復帰したわけだが、あのときとめておけばよかったと後悔した。

だが、反面。

明日香の夢を壊さなかったとしたら、これでもいいとも思えた。

父親が「新しい母親だ」と紹介してから、今の今までずっと夢ではなかったかと思える。

あのあすりんが、母親になってくれた。

あのあすりんが、一緒に過ごしてくれた。

さらにはキスもしたし、イタズラっぽいエッチなこともした。十分だ。

普通の大学生には、夢心地の体験。

だけど、夢は醒《さ》めれば終わる。

広い家の中でひとり、目に涙を浮かべながら、いろいろ考えた。

（そうか……おばさんとかに話さないとな。明日香はもうアイドルに戻るんだって。ここには戻ってこないんだって）

生活を変えなければ。

そんなことを思いつつ、ひとりでいるのもつらいので、健一は家を出て駅前にある安居酒屋に入った。

明日香とたまに来ていた小さな居酒屋だ。

騒がしいが、その分、明日香が気づかれないというメリットがあったので、気軽に飲んだり食べたりしていた場所だ。

行ってみると夕方なのに、席はかなり埋まっていた。

カウンターの奥が空いているなと人をかき分けながら入っていって、健一はぎょっとした。

「あら、あんた」

焼き鳥を食べながらこちらを向いたのは、明日香のマネージャーの高橋だ。

いつも通りのホストの風体で、なよなよしているのだが、しかし眼光だけは鋭い。

彼は笑みを浮かべながらも、どこか容赦ない瞳でこちらを見てくるので、健一はたじろいだ。

「な、なんでここに？」

訊くと、高橋は大きなため息をついた。

「別にい。明日香を迎えに行ったり送ったりしてたらさ、たまにその帰りに面倒だからって、ここでご飯食べたりしてたわけよ。そしたら結構気に入っちゃってね。だからこうして明日香の担当を外れても、来ちゃうのよねえ」

「へ？　明日香の担当を……外れた？」

「そうよお。まあ座りなさいよ。何、飲むのよ」

言われて隣に座らされる。

「ビールを。それで、高橋さん、あの……担当を外れたって」

「私の代わりが早瀬さんよ。本格的に明日香を売り出すんだって。まあ、あの人が出てくるってのは、そういうでかい話のときだけなんだけど。まあやってらんないってのが正直なところよ」

珍しく愚痴りながら、高橋はおちょこを空にする。

(礼香さんが明日香の担当か)

昼間の礼香とのセックスを思い出して、身体を熱くしてしまう。あれはまあ手切れ金みたいなものだったのかと改めて思う。

「あの……でも未亡人アイドルって、売り方を考えたの高橋さんでしょう?」

訊くと、高橋はじろりと目を剝いた。

「そんなの小手先。そういう属性をつけなくてもやってけるくらいの、大口スポンサー見つけたってわけよ。これから明日香はどんどん露出も増えるでしょうねえ。あの子にはよかったのかわからないけど」

さらりと高橋が、意外なことを言った。

「へ? 明日香は悦《よろこ》んでるんでしょ?」

へんだなと思い訊くと、高橋はこれまでになく真剣な目つきをした。

「……あんた、明日香とヤッたの?」

健一は運ばれてきたビールに口をつけてから、ぶっ、と軽く噴き出した。

「ヤッ……へ？　ま、まさか。だって、あんなのでも母親で……」

ごまかすように言うと、高橋はフンと鼻で笑う。

「……まあいいけどね。どうせもう関係ないし。明日香はあんたのこと、義理の息子とは見てなかったわよ。言わなかっただろうけど」

「え？　いや、まさか」

「……あんたもなんとなく気づいてたでしょ。家族ごっこしながら、恋愛のまねごとなんかして。はたから見てても笑っちゃうわよ」

そこまで話してから、日本酒をおちょこについで、また飲んでから続きを話しはじめる。

「明日香、すごく悦んでたわよ。あんたが似顔絵を描いてくれたって。子どもの描いた絵ならまだしもさあ……大学生の男の子が描いた絵を、どうしてそこまで悦ぶのって訊いたら、好きな人の絵はうれしいんだってさ。あれは息子を見る目じゃなかったわよ」

「ま、まさか」

と言いつつも、腑《ふ》に落ちる部分もあった。

ずいぶん前だが、寝ぼけながら明日香にキスされたとき。あのとき……明日香は起きてたんじゃないかとずっと思っていた。

だけど、ふたりしてそれを隠していた。

高橋に言われて、改めて自分でもはっきりとわかった。

やはり好きだ。

諦《あきら》められない。

「じゃあ、明日香は？」

「……どっちとるか考えてるんじゃないの？　早瀬さんに迫られてたからね、あんたと仕事を……まあ、もう遅いかもしれないけど」

「遅い？　遅いって」

「今頃、枕《まくら》してるんじゃないかってことよ。大物プロデューサーと寝て、仕事をもらうってことね。しかも無理矢理抱かれるのよ」

「は？」

恐ろしい言葉が高橋の口から出て、健一は慌てて高橋に詰め寄るのだった。

第六章　ママで、恋人で、アイドルで

1

エレベーターでタワーマンションの二十階にあがる。

杉崎のいつもいる部屋は一番奥にあるらしいのだが、ワンフロアすべて杉崎のものらしい。

（はあ……お金持ちってすごいのねえ）

ドアを小さくノックすると、すぐに開いて中から杉崎が顔を出した。

バスローブ姿でニタニタと笑っている。

背筋がゾッとした。

（覚悟してきたんでしょ、明日香……）

そう思っても、脚がガクガクと震えてしまう。

「ククッ、待ってたよ。明日香くん。さあさあ、入って」

うながされて部屋に入る。

あとについて通路を歩いていくと、広いリビングに大きな窓があって、夜景が広がっていた。

ソファの前にある小さなテーブルには、ワインとワイングラスがある。

「こっちへきたまえ」

杉崎が三人がけの広いソファに座り、隣をぽんぽんと叩《たた》く。

明日香はミニスカートの裾を気にしながら、言われた通りに隣に座る。

チェックのミニスカとポロシャツは新曲の衣装だった。着てくるように言われたのだ。

「ククッ……」

ニタニタしながら、杉崎が身体を寄せてくる。

バスローブの裾から覗く脚が、こちらの太ももにぴたりとくっついてきて、それだけで気分が悪くなる。

杉崎がワインをついだ。

「さあて、乾杯といこうか。明日香くんとパートナーとなるんだからねえ。身体も心も親密にならないと」

ククと笑う杉崎に、明日香は笑顔をひきつらせながらも、ワイングラスを持ち、カチッとグラスを合わせる。
一口飲む。
フルーティで飲みやすいワインだ。
きっと高いんだろうなと思いながらも、それ以上、飲む気にはならない。
（ああ、もう……やだやだ……少しでも時間を稼いでやるから）
グラスを置いてから、
「わー、キレイですねえ」
と、窓際に行く。
夜景を見るフリをしつつ、杉崎と距離を取る。
（このままできるだけ、はぐらかしてやるんだから）
覚悟はできて……いるつもりだが、いざ杉崎を目の前にすると、ふんぎりがつかない。
そもそもだ。
枕をしろと言われたときは、きっぱりと断った。
だが杉崎や礼香から、健一のことを言われてしまうと抵抗できなかった。
半ばこれは脅迫だ。やはりできる限りは抗いたい。

「そんなに夜景が珍しいかね」

杉崎がすっと後ろに立ったのが、ガラス越しに見えた。

その表情が、なんとも下品で明日香はその身を震わせる。

「ええ……だって……すごいなあって……もう少し、見ていたいなあ」

ごまかそうと思っていたが、背後から杉崎に肩を抱かれた。

「時間を使おうたって無駄だぞ。どうせはぐらかすつもりなんだろう」

杉崎が低い声で言った。

(やばっ。バレてる……)

身体を引こうとするが、腕をつかまれて抱きしめられる。

「いやっ」

思わず悲鳴をあげてしまい口をつむぐも、杉崎は笑みを浮かべている。

「ここまできて悲鳴をあげられるのも興ざめだな。だが、たまにはそういうのもいい。いやがる女を無理矢理というのもキライじゃない」

杉崎の手が背後から伸びてきて、ポロシャツ越しに乳房を揉んできた。

「あンッ」

力強く揉まれて、思わず声が漏れる。

「おお、さすが元人妻だな。なかなかいい身体をしてるじゃないか。童顔だが、尻もボリュームがある。たまらんな」

ヒヒヒと気味悪く笑いながら、さらにやわやわとポロシャツ越しのFカップバストを揉みしだいてくる。

「うっ、くう……」

杉崎の指は乳房の量感や張りを楽しむかのように妖しく動き、背後からじっくりと明日香の乳房をもてあそぶ。

「すばらしい重量感だな。見た目もすごいが、揉みごたえもいい」

胸のふくらみをつかんでいた手が、今度はミニスカート越しのヒップにたどりつく。

「ああっ……や、やめてくださいっ」

大きな手でヒップを撫でまわされ、明日香は思わず杉崎の手を引っかいてしまった。

「ぐおっ」

痛がった杉崎が、そのまま下腹にパンチを打ち込んできた。

「かっ……」

息ができない。

痛みに朦朧としながら、明日香は床にゆっくりと崩れ落ちていく。

目尻に涙が浮かんできた。

ぼんやりとしか見えない中で、杉崎がバスローブも下着も脱いで、全裸で覆い被さってきた。

「おとなしくする気になったかね」

「うっ……こ、こんなことして……ゆ、許さないっ」

礼香は組み敷かれつつ言葉で歯向かうも、杉崎がすごんできた。

「きみの義理の息子が週刊誌に出るのをとめてやったのは、誰だね。あれが出たら、あの大学生の子は、マスコミに一生追いかけまわされるんだぞ」

その言葉に、明日香は抵抗をやめて唇を噛んだ。

杉崎の言う通りだった。

売れてない三流の週刊誌が、身内は絶対に出さないという事務所との約束を破り、健一のことを写真入りで記事にしようとしたのだ。

大手マスコミに対しては、事務所の力でとめていたのだが、三流誌は「売れるならなんでもいい」と出してきた。

しかも、

「二十歳の義理の息子との禁断愛」

という、下世話もいいところのタイトルである。

これが出てしまったら、どの週刊誌も後追いで記事を出すだろう。

自分は別にいい。

ただ、健一の生活を壊したくなかった。

（健ちゃん……しょうがないよね。私の身体ぐらいで健ちゃんが守れるなら）

胸の内で健一のことを思うと、口惜しいが杉崎に楯突《たてつ》く気力がなくなっていくのだった。

2

「ようやくわかったようだな。心配しなくてもいい。私と懇意になれば、ドラマにＣＭ……これからガンガン露出を増やして国民的アイドルにしてやるぞ」

杉崎に言われても、ピンとこなかった。

こんなことをしてまで、人気アイドルでいたくない。何より今は健一の方が大事なのだ。

杉崎は明日香の肩を抱き、そのまま寝室に連れていってベッドに押し倒した。

（くっ……すぐよ、どうせすぐ終わるから……）

そう。

何も感じなければいいのだ。どうってことはない。

明日香はうつむいたまま、杉崎にされるがままになろうと身体の力を抜いた。

「いいぞ。素直が一番だよ、女の子はね」

杉崎の手によって、ポロシャツがめくりあげられた。さらに背中に手をまわされて、白いブラジャーのホックが外される。

ブラカップが緩み、乳房が露わになった。

「う……」

じっと耐えようと思っても、羞恥にくぐもった声が漏れる。

顔が熱くなって逃げたくなるのを、奥歯を嚙みしめて必死にこらえる。

「ほお、素晴らしいおっぱいだな。想像以上の美乳だ。二十六歳の未亡人アイドルか、この歳になると、二十歳やそこらのガキは面白くなくてねえ。ククッ、男好きする身体だ。いいぞ」

杉崎の手が直に乳房をつかんでくる。

（ううっ、キモい触り方しないでっ……）

汗ばんだ手が、柔らかいバストに食い込んでくるたびに、おぞましい感覚に身体が震える。

「くうう……」

反応などしたくないのに、明日香は屈辱の呻きを漏らしてしまう。

「フフフ……死んだ旦那にだいぶ可愛がられたようだねえ。こんな男に好きなようにされて……口惜しいだろうに感じてしまうとは」

亡夫を汚されて、明日香はキッと杉崎を睨みつけた。

「余計なことは言わずに、好きにすればいいでしょう？」

「もちろん好きにするさ。しかし、私に逆らおうとした罰は受けてもらわんとねえ。それにしてもいい身体だ。これだけの愛撫で感じるのも無理はない」

「は？　へんなこと言わないで。感じるワケなんか」

「ククッ。感じないなんて言ってるわりには……」

杉崎の指が、ふいに明日香の薄ピンクの乳首をつまみあげた。

「んうっ……！」

いきなりの強い刺激に、礼香の腰がビクッと震える。

「ほうら。もうおっぱいの先を尖らせて。しかも、可愛らしい声をあげるなんて。たまらんよ」

キュッ、キュッ、と乳首をつまんでひねられると同時に、もう片方の乳首をおぞましい舌で舐め転がされた。

「くううっ……いやっ」

乳首を舐められる汚辱とは裏腹に、身体が熱くなっていくのを感じる。

（な、なんなの……いや、だめよっ）

声をあげたくない。

感じたくなんかない。

なのに、成熟した女体がいやでも火照りを増していく。

自然と腰が動いていることに気づいていた。

やめようとするのに、愛撫されると腰を浮かせたり背をのけぞらせたりして反応してしまうのだ。

「ククッ。ガマンしなくていいんだ。楽しめばいい」

杉崎は老獪《ろうかい》な指と舌遣いで、感じさせようとしてきている。

（くっ……この男、さすがに慣れてるわ……耐えないと……）

そう思うのに、杉崎の手がスカートの奥に忍びこみ、ストッキング越しの太ももを撫でてくると、

「や、やめて……」

と、思わず弱気な声が出てしまう。

「フッ。ホントにやめてほしいのかねえ」

太ももを押し広げられて、恥ずかしいM字開脚にされる。

杉崎の日本の指が、パンストとパンティの上から女の窪《くぼ》みをソフトになぞってきていた。

「あっ……んんっ……」

喘ぎ声が唇から漏れる。

明日香は慌てて唇を嚙みしめるものの、杉崎が舌先や唇で敏感な乳首をねろねろと舐めると、

「あっ……あっ……」

おぞましい。気持ち悪い。

そうわかっているのに、それを上まわって快楽の波が押し寄せてきて、うわず

った女の声を漏らしてしまうのだ。

（ああ、いやぁぁっ）

いやなのに、眉間にシワがさらに深く刻まれて、女のせつない顔を披露してしまう。首筋や腋窩《えきか》に、酸っぱい汗がにじみ出してくるのがわかった。

「クク ッ……こらえなくてもいいんだぞ」

杉崎の手が、パンティとパンストを剝きにかかる。

（いよいよ犯されちゃうのかな……）

身体が強張る。

だけど……。

仕方ない、という気持ちが手向かう気力を失わせる。

（健ちゃん、ごめんね……私、汚されちゃう……）

穢《けが》らわしい身体にされる。

でも、そうするしかない……。

杉崎は慣れた手つきで明日香のパンストと下着を剝ぎ取ると、指に唾をつけて秘唇の合わせ目をなぞりあげてきた。

「んっ……うっ……」

顔をそむけるも、敏感な部分を直接指先でこすられると、身体の奥がジクジクと熱くなっていき、自然と背をのけぞらせてしまう。

「いい反応じゃないか……ン？」

指でスリットをいじっていた杉崎が、明日香の足を大きく広げさせて、股間に顔を近づけてくる。

「なんだ。もう濡れてるじゃないか。これなら唾をつけなくてもよかったな。しかし、可愛らしいおま×こだな。これは楽しみだ」

「み、見ないでっ」

明日香はかぶりを振った。

（ああンっ……こんな卑劣なジジイに無理矢理レイプされて、濡らしてしまうなんて……私って最低っ……）

恥ずかしくて口惜しくても、身体の奥から妖しい疼きがじくじくとこみあげてくる。

（ああん、いやっ……だめ……奥からあふれて……くる）

熱い疼きを花弁の奥に感じると同時に、新鮮な蜜が分泌されるのも知覚する。

杉崎の指によって、愛液が秘部全体に塗り込まれていくのが、恥ずかしくて仕方ない。

「ウホホ。いいぞ。すごい濡れっぷりだ。さすが元人妻だ。いやだいやだと言っても、身体は欲しがってるんだな」

罵《のの》られて憤慨して睨みつけるも、指を膣内に入れられて、奥をまさぐられると、

「あん、あんっ……」

と、はしたない声を漏らして、その身をよじらせてしまう。

（ああ、もう……）

とにかくこらえるのだ。

好きにすればいいと覚悟を決めたときだった。

杉崎が頭を抱えてきた。

上半身を起こされると、目の前にヌラヌラしている肉棒があった。

「いやっ！」

顔をそむけるも、頭をつかまれて強引に顔を向けさせられてしまう。

「そんなに濡らして、いやもないだろう、うん？　好きにすればいいなんて、そういう場末の風俗嬢のような顔はきみには似合わんよ。楽しもうじゃないか。入れる前にたっぷりとご奉仕してくれ、その可愛いオクチでな」

ここまできて、さらに辱められる。

卑劣な男のモノなど、口に入れたくなかった。

「い、いや……」

何度も首を横に振っていると、杉崎が頬を張ってきた。

パシッと乾いた音がして、右頬が痛む。

「今さらカマトトぶってもしょうがないだろう？　いいか、芸能界でのしあがろうっていうんなら、清らかな身体でいられないんだよ。どうせ、旦那のことも話題づくりだったんだろう？」

カッとした。

健一に迷惑がかかると耐えていたが、亡き夫を罵《ば》倒《とう》されたら、もうどうにも理性ではおさまりがつかなかった。

明日香は杉崎の股間に向けて、思いきり頭突きした。

「ぐぎゃ」

杉崎は断末魔のような声をあげ、股間を押さえながらうずくまった。

「あたたた。な、なんてこと……おい、家族も人気アイドルの地位も、どうなってもいいのか」

「いいわよ、別に」

明日香はスカートとポロシャツを直しながら、慌てて部屋の出口に向かう。

「ま、待てっ」

股間を押さえたまま、杉崎が追ってきた。

とにかく外に出ればとドアの内鍵《うちかぎ》を開けたところで、杉崎に羽交い締めされてしまった。

「だ、誰かっ……ムゥウゥ！」

ドアの外に向かって声をかけるも、おそらく無駄なことだろう。手で口を塞がれてまた引き戻されてしまう。

（い、いや！）

なんとか振りほどこうと思ったときだ。

ドアが開いて、健一が入ってきた。

「明日香っ」

「健ちゃん！　え？　なんで」

わけもわからずにいると、健一は猛然と走ってきて背後にいた杉崎を突き飛ばした。

「なっ……きさま、何をしてるか、わかってるんだろうな」

杉崎が性器を丸出しにしたまま怒鳴り散らす。

「もうアイドルなんかなれんぞ。終わりだぞ、貴様ら」

健一は狼狽《うろた》えた。

しかし明日香は怯《ひる》まなかった。

「どうぞ、ご自由に」

明日香がきっぱり言う。

杉崎はチッと舌打ちして、立ちあがった。

「本気だぞ。本気で抹殺してやる。その男の記事も全部出るんだぞ」

「成功なんかいらないわ。それに健ちゃんは私が守る。母親なんだから」

明日香が言い返すと、杉崎は歯ぎしりをした。

「後悔しても知らんぞ」

杉崎はそれだけ言い残すと、部屋の方へ戻っていった。

「行こ、健ちゃん」

明日香は健一の腕を引っ張ると、そのままドアから出ていくのだった。

3

健一はソファに座り、心配しながら明日香の電話の行方を見守っていた。

「はい、はい。え？」

明日香がスマホで電話しながら、こちらを見た。

「わかりました」

電話を切ってから、隣に座る。

「クビだって」

「そっか……」

健一はため息をつくが、明日香はそれほど落ち込んでないように見える。

「いいのかよ」

「え……よくないよ」

明日香はあっさりと言った。

「でも、私、あんなことしてまでアイドルしてたくないもん」

「そうなのか」

「当たり前でしょ。私が心配してるのは、健ちゃんのこと」

「俺はどうでもいいよ。むしろあすりんと関係してるってバレたら、おそらく大学で一目置かれる」

本音だった。父親と人気アイドルが結婚したときから、マスコミに追いかけられるのは覚悟の上だった。

それにしてもあのとき、高橋に会ってよかった。

高橋が杉崎がいつも使っているヤリ部屋を教えてくれたから、結果的に明日香をなんとか助けられたのだ。玄関ロックの開け方まで教えてくれた高橋には、感謝しかない。

「で、どうすんだよ」

健一はソファにごろんと横になる。

「さあ？」

明日香はのんきな声で答える。

「さあって……アイドルできなくなっちゃったんだぞ」

「いいよ、別に」

明日香がやってきて、健一の上で馬乗りになった。

「お、おい」
ポロシャツにミニスカートという新曲のステージ衣装のまま。
パンストを穿いていないから生のパンティが、ズボン越しの股間に当たってい
るのが感触でわかる。
「ウフフ。大きくしちゃって。ねえ、そろそろ白状しない？　元々、お義母さん
のファンだったってこと」
「誰が言うか……えっ？」
ハッとして、目を見開いた。
明日香は馬乗りのまま、こちらを見てクスクスと笑っている。
「わかってるに決まってるでしょう？　何度、健ちゃんの部屋に入ったと思って
るのよ。前に、健ちゃんの描いた似顔絵をプリントアウトしたでしょう？　その
ときに私のファンクラブの会員証も、机の引き出しにあったの見たんだもん」
「なっ！」
そういえばそうだ。
パソコンまで見られたのに、バレてない方がおかしい。
迂闊《うかつ》も迂闊。

大馬鹿だ。

呆然としていると、明日香はクスクス笑った後に真顔で言った。

「それなのに隠してくれてたのは、私と先生のことを気づかってくれたからでしょう？」

「……そりゃそうだろ。一応でも義理の母親だからな。つうか、こんな話するってことはおまえ……もう……」

明日香を見た。

仕方ないな、と健一は思った。明日香がそれを言い出したということは、もう家族をやめるってことだろう。ファンである好きでもない男と、一緒に暮らすなんてできるわけがない。

父親が死んで、その父親の遺言めいた言葉だからと義理の息子の世話をしてくれた。一年間もの長い時間だ。

ずいぶんガマンしてくれたと思う。

「……ありがとな、いろいろ」

自然と言葉が出た。

「ずっと一緒にいてくれたのは楽しかったし。明日香がどう思ってたのかは知らないけどさ。可哀想に思って俺の性欲処理をしてくれたのも、すげえうれしかった。気持ちがないのはわかっていたけどさ、でも俺、あすりんと一緒にいられて一生分の幸せを使い切った感じだぜ」

そこまで言うと、明日香は寂しそうな顔をした。

「……健ちゃん、なんか誤解してない？」

「え？」

「確かに義理でも、立場上は母親だけど……あのとき、私……その……オクチでしてあげようとしたこと……同情なんかじゃないよ」

明日香が目を向けてくる。

怒っている風でもないし、哀れんでいる風でもなかった。

自分の感覚が間違っていないとすれば……明日香の瞳は欲情を孕《はら》んだように潤んでいた。

「家に帰ってくる前に言ったよね。なんで枕営業なんかに応じたかって。健ちゃんに迷惑かけたくなかったの。健ちゃんは好きな人だから」

「え？　は？　む、息子としてだろ？」

「ううん。息子としてじゃなくて、ひとりの男性としてよ。私、あの絵を見たときから……あのときから、そんな気持ちだった」

明日香は言葉を切ってから、また続けた。

「私、ずっと葛藤してたの。先生を裏切るんじゃないかって。だから、息子だと思おうと努力してたの。でもどうしようもないのよねぇ」

気がついたら明日香のことをソファの上で抱きしめてしまっていた。

そんな告白されたら、もうだめだった。

あふれる想いがとまらなかった。

「……親父が連れてきたときから、早く別れればいいって、ずっと思ってた」

素直に言った。

明日香が優しく微笑んでくれる。

「やあだ。お義母さんのこと、そんなこと思ってたのね」

「好きだ」

思いきって言う。

明日香はクスッと笑って、真っ直ぐな目を向けてきた。

「やっと白状したね」

はっきり言われると、本気で照れてしまう。

「いや、その白状っていうか……」

「ここが痛いのよね。さっきから」

そう言うやいなや、明日香は身体をずらし、少し恥じらいがちに顔を赤くしながらも、健一のズボンとパンツを一気に下ろした。

「えっ？　えっ？　えっ？　お、おい……」

すでに硬くなった剛直が飛び出してくる。

信じられないことに、明日香はおずおずと手を差し出し、健一のペニスを握りしめた。

「くぅっ……」

細い指がペニスにからみつく。

明日香はゆるゆると勃起をシゴきながら、健一の目を上目遣いにじっと見あげてくる。

（くううう、やっぱ可愛いよな……）

改めて見ても、当然ながら天使のように愛らしかった。

一緒に暮らして慣れてきたとはいっても、元々ファンクラブに入るほど好きだったアイドルだ。

しかも……。

（この前のフェラも、同情でしたんじゃないと言ってたな。ちゃんと俺のことを好きだって気持ちで……）

信じられなかった。

あのアイドルの橋本明日香が、あすりんが、ひとりの男として好きだと言ってくれて、しかも自分から手コキをはじめたのだ。

「うっ、くうう……」

その手コキだけで頭が沸騰しそうだった。

しかし明日香は手でシゴくばかりでなく身体をズリ下げて、先走りの汁を噴きこぼす鈴口をぺろりと舌で舐めてきた。

「ん、くぅぅぅ！」

頭の芯まで電流が流れたみたいだった。

「健ちゃん……」

大きな双眸が、物欲しげに潤みきっている。

これでも義母である。

父親と結婚した相手である。

いけないことだと思う。

だがやはり、この気持ちをもう抑えきれなかった。

一年、抑えてきたけれど、明日香の本当の気持ちを知ってしまったら、もうとめることなんてできやしない。

「明日香、俺……」

「健ちゃん、お願い……何も言わないで」

そう言った瞬間だ。

亀頭の先端が、ぐちゅと水音をさせて温かい粘膜に包まれた。

突然だったから構えることもできなかった。

「くううっ！」

情けない声を出しながら、全身をブルッと震わせた。

（ああ……今度はちゃんと愛情を確かめてからのフェラチオだ……）

勃起が可愛いアイドルの口の中にある。

先日は自分からやめてしまったのだが、本当はもっとして欲しかった。

明日香は顔を打ち振り、亀頭の傘の部分までをアイスキャンディみたいに、ちゅばっ、ちゅばっ、と舐めはじめる。

睾丸《こうがん》から会陰までがひきつるように痛くなり、思わず腰をよじった。

「くうう……」

信じられなかった。

これは夢か？　何が起こっているのか……信じられない。橋本明日香が自分からチ×ポを咥えてくれてるんだぞ。

「ううんっ、んぅぅ……」

明日香は顔を上気させ、眉根をハの字にして時折、鼻奥で悶えた声を出している。

ちょっと苦しそうな表情がまたそそる。

狭い口中にあったかい唾液が溜《た》まっていき、切っ先がぬるぬるした温もりに包まれていく。

（き、気持ちいい……やっぱ夢じゃないっ！）

明日香はフェラチオしながら、ちろちろと舌で鈴口を舐めてくれている。

言うほど経験はなさそうだ。

だけどそれがまた、いい。

自分のために一生懸命なのがいい。

そんなことを考えていると、早くも腰がむずむずして、尿道が熱くなってきたのを感じた。

（やばっ。出そうだ……）

ソファに仰向けになりながら、健一がぶるぶると震えていると、

「ほうひたの？」

咥えながら、明日香が目を向けてくる。

「いや、その……」

今まで憎まれ口を叩いてきたから、素直に「気持ちいい」と言えなかった。

だが、やはり明日香は人妻だった。

なんとなく健一の限界がわかったようで、明日香は勃起を口から離して甘えるように訊いてきた。

「ねえ、もう出ちゃいそう？」

なんだかすごくうれしそうだ。子どもがおしっこするんじゃないんだぞ。呆気にとられていると明日香が微笑む。

「いいよ。私のオクチに出しても」

そう言うと、再び目の前のそそり立つ怒張をパクッと口に入れ、唇を滑らせて

くる。

（だ、出してもいいって……まさか、明日香の口の中になんて……くうっ！）

狼狽えているのを尻目に、明日香はますます激しく顔を前後に打ち振って、唇で勃起の表皮をシゴきたててくる。

じゅるると唾液の音が立ち、腰がとろけるほどの快感が訪れてくる。

「うぅんんっ、んんっ……」

明日香の鼻から漏れる声が次第に悩ましいものに変わり、唇のスライドは大きくなる。ジュプッ、ジュプッという音が夜中のリビングに響き渡る。

だめだった。

健気な奉仕に加えて、橋本明日香が自分のチ×ポを咥えているという事実だけで、もう快感があふれてとまらなくなってくる。

「くううう……だ、だめだっ……もう、出るからっ」

慌てて腰を引こうとするも、明日香は細い腕で健一の身体を抱きしめてきて逃がそうとしなかった。

「ホントに出るんだぞ、おいっ……うぐっ」

とはいえ。

明日香の心配なんかしている場合ではなかった。

頭の中で火花が散った瞬間、鈴口からまるで決壊したように精を噴き出した。明日香の口の中に容赦なくザーメンを注ぎ込んでしまう。

「んんっ？　んぅぅぅ！」

明日香が大きく目を見開いた。

大きな目を白黒させ、苦しそうな顔をしている。

（ほら、やっぱり……いっぱい出たんだろうな……って、こっちも気持ちよすぎて頭がぼうっとする）

どびゅっ、どびゅっ、と音が出そうなほどの勢いだった。

会陰がひりつくほどの快感で震えつつ、ようやくとまったと思った矢先に、明日香がペニスから口を離した。

頬をふくらませてつらそうにしながらも、目をギュッとつむると、頬に溜めていたものをゴクンと嚥下《えんか》した。

「うえぇ……何これ。生臭いよぉ、喉にからまるし」

明日香がしかめっ面をして訴えてきた。

「えっ、ちょっと待て……飲んだの初めてか？」

明日香はテーブルの上のティッシュを取り、口を拭《ぬぐ》いながら涙目で小さく頷いた。

（あれ？　親父のは？　というか、つきあった男のは、飲んだことがないんだ）

明日香の中に自分の精液がある。

初めて飲ませたという至福は大きかった。

「なあにニタニタしてるの？　うれしかった？」

「ま、まあな……いや……けっこううれしいかも」

頑張って素直に言ってみようと思うと、案外すんなり言葉が出た。

明日香の大きな目の下が、ねっとりと赤く染まっている。

ふたりでクスクス笑ってから、見つめ合った。

4

「先生に怒られちゃうね。あっちで見てるかな」

言われてハッとする。

だが明日香は首を横に振って笑った。

「私が悪いんだから、いいんだけどね。母親だって思ってるのは間違いないんだけど、だけどやっぱり……私、だめかも」

「つまりそれ、やっぱり俺のこと……」

「うん。好き。改めて言うね。ひとりの男の人として健ちゃんのこと好き」

「……ホントかよ。どこから？」

「先生が亡くなって、ふたりで暮らすことになって、私、母親でいたいと思ってた。気持ちが変わったのは、やっぱり会員証を見たときかなあ。驚いたよ。もしかしたら健ちゃんに襲われるかなあって、そのときから思ってた」

「そりゃ、何度も思ったさ」

「でもしなかった。えらいぞ」

明日香は健一の頭を撫でつつ、そのまま顔を近づけてきた。

「お、おい……んう」

強く唇を押しつけられた。

甘い味がした。

目眩《めまい》と興奮が襲ってきて理性は軽く吹き飛んでしまう。健一は夢中で明日香の華奢な肢体を抱きしめて、唇にむしゃぶりついた。

「ん、んぅぅ」

拙いキスにも明日香は応えてくれる。健一は夢中で、ぬめる舌で唇の間に強引に舌を滑り込ませた。

「んふっ」

明日香は一瞬だけ、驚いたように身体を硬直させたが、すぐにその身を預けて力を抜いてくれた。

（た、たまらない……俺はあすりんとキスしてるんだ……）

おかしくなってしまいそうだった。理性などもう頭の片隅にもない。

明日香の口中を舌先でかき混ぜながら、健一は本能的に手を伸ばし、明日香のポロシャツの上から胸のふくらみを揉みしだいた。

「あ、ンッ……」

唇の端から甘い声を漏らした明日香は、よほどその声が恥ずかしかったのか、身をよじって顔をそむける。

（や、や、やわらけー）

ちゃんとあすりんとエッチしてる。

何度夢見たことだろう。

夢中になってポロシャツをめくる。

ブラジャーに包まれた美乳が現れる。健一は鼻息荒く背に手をまわし、ホックを外してブラをずらそうとした。

「ああっ、やっ！　ま、待って……」

涙声の明日香が両手で乳房を隠した。

「なんかすごく恥ずかしい……あはっ、今までだって、けっこうふたりでエッチなこともしたのにね。雰囲気かな？」

はにかむ明日香がキュートすぎる。

「お、俺も恥ずかしいけどさ、でも、抱きたい。明日香を」

告白すると、明日香は顔をそむけながらおずおずと手を外した。

ツンと上向いた美乳が露わになる。

乳輪はかなり小さく、その中心に可憐《かれん》な果実の種のようなポッチが赤く色づき震えていた。

「可愛いおっぱいだ。乳首も硬くなって」

正直な感想だったのに、ぽかっと頭をはたかれた。

「どうして口に出すの？　そんなに私を恥ずかしがらせたいの？　もう健ちゃん

ってば、喋るの禁止っ！」

「いいよ。じゃあ、明日香も声出すの禁止な。いやらしい声とか」

「だ、誰がいやらしい声なんか出すのよ。いいわよ、別に」

張り合ってくるのが、いじらしい限りだ。

（まあ、こうしてじゃれ合ってる方が緊張しなくていいか）

あすりんと思ってしまうと緊張して何もできなくなる。

だからそれは頭から外して「これは明日香だ」と念じながら両手を使って、乳房をすくうようにやわやわと揉んだ。

「ん……」

いきなり声が出てしまいそうになったらしく、明日香は両手で口を押さえた。

むぎゅ、むぎゅと指先を食い込ませる。

思っていた以上に素晴らしい弾力だった。

すべすべした乳肌が指に吸いついてくる。そのもっちりした肌を楽しんでいると、明日香がじろりと睨みつけてくる。

「わ、私ばっかり脱がせて……健ちゃんも脱いでよ」

「え、あ、ああ……」

実は中断せずにどこで脱ごうかと迷っていたのだ。

ちょうどよかったと、健一は着ていたシャツもズボンとパンツも脱ぎ飛ばして、いよいよ全裸になった。

ちらりと勃起を見られたが、よく考えればもう咥えてもらったので、そこまで恥ずかしくはない。

思いきって抱きしめつつ、肌と肌をこすり合わせながら舌を伸ばし、小さな突起をぺろりと舐めた。

「んんんんっ！」

両手で口を塞いだまま、明日香は大きく背中をのけぞらせる。

また舐めると、

「……んふぅ、ふうぅ」

明日香は肩で激しく息をしていた。なんだか可哀想になってきた。

「もう限界なんだろ、いいよ、声出して」

言ってもふるふると左右に首を振るだけで、ジッと睨みつけてくる。

（頑固だよなあ。可愛いけど）

思わず苦笑しながら、健一は言う。

「じゃあ、好きにするからな」

そう宣言して、いよいよ手を下ろしていき、ミニスカートをまくってパンティ越しの恥部に触れる。

「んっ……」

明日香の顔が一気に不安そうに歪む。

健一が白いパンティを脱がそうとすると、明日香は顔をそむけた。

パンティに手をかけて一気に剝き下ろすと、明日香は手で恥ずかしい部分を隠すので、健一は脚の間に潜りこみ、無理矢理に開かせたまま手を引き剝がしてやる。

「ああっ、ちょっと。な、何するの。やだっ、やだぁ！」

M字開脚させられ、手も押さえつけられた明日香が、腰をよじって逃げようとする。

だがそうはさせない。

手を押さえつけたまま身体をズリ下げていき、指先で肉の合わせ目を開かせ、目を凝らした。

（おおおっ、あすりんのおま×こだ。ちゃんと見るのは初だな）

風呂で倒れていた明日香の裸を見たときは、罪悪感があってまともに見られなかった。

今なら少しは落ち着いて鑑賞できる。

ぱっくりと開いたラヴィアの奥には、薄桃色の粘膜がぬらついていた。

まるでヨダレのような透明な粘り気のある体液を噴きこぼし、女の淫臭をプンプンと匂わせているのがエロすぎる。

「こ、こんなに濡れて……うわぁ……すご……」

「うわぁ、って何よ。もういやっ……」

明日香は泣き顔になって、ぷいと横を向く。

「ごめん。キレイだって思って」

「ううん、やだ……もう……見ないでよぉ」

恥じらって、腰をモジモジとさせている。

愛おしかった。

この恥じらいをなくすぐらい感じさせてやりたいと、蜜であふれているスリットを、ねろっ、と舌で舐めた。

「ああぁっ！」

そんなことをされるとは思っていなかったらしく、大きな瞳が信じられない、という風に見開かれている。

「い、今……舐めたでしょ……」

「そりゃあ舐めるよ」

もう一度舐めた。ぴりっとした酸味がキツいが、何度も舐めたくなる味だ。明日香が激しく身悶える。

「も、もう無理っ……声、声出ちゃう。初めてなのに……」

（へっ？）

健一は慌ててクンニをやめて、明日香を見た。

5

「ちょっと待て……親父とは？」

「しなかったよ。先生ね、私が引退するまでしないって言ってたの。だから、その……口だけでしてあげてたんだよね」

「し、処女？」

明日香は真っ赤になって、こくりと頷いた。

なるほど反応が初々しいわりに、フェラだけは積極的なわけがようやくわかった。

「そ、そうなんだ、へぇ」

「ああん、恥ずかしい……」

明日香がイヤイヤと首を振る。

初めてだったら、大切にしないとな……という庇護《ひご》欲と、自分の思うままに感じさせてみたいという独占欲が混ざり合った。

「じゃ、じゃあ……丁寧にするから……」

「え？　健ちゃんって、童貞じゃないの？」

言われてドキッとした。

「い、いや、実は、その……高校時代に」

「あるんだ。ふーん」

明日香は当てが外れたみたいに、ふくれっ面をした。

（隣のおばさんで筆下ろししたなんて……言えないよな。女マネージャーさんとも、自暴自棄になりながらもセックスしちゃったし……）

だが、やはり経験していたのはラッキーだった。

相手があすりんでも、まだ落ち着いてできる気がする。

健一は再び、明日香の濡れ溝を舌で舐める。

「ひぁぁ、やだ、はぁぁ……はぁあ！」

自分の身体の反応に驚いているようだった。

（意外と感じやすいんだな）

しばらく舐めていると、嫌がっていたはずの明日香の脚が、ひくっ、ひくっと痙攣しはじめる。

「あっ……あっ……」

そのうちに、いよいようわずった声を漏らし、眉をひそめた色っぽい顔に変わっていく。

（い、いいぞ……）

手を伸ばし、おっぱいを揉みしだきつつ、ねろねろと丹念にスリットや膣奥の穴も舐めしゃぶっていく。

「ああんっ……ああっ……ああ……」

しばらくすると、明日香が狼狽えた目を向けてきた。

健一の舌で気持ちよくされている、その現実がまだ信じられないようで、大きな瞳の視線が泳いでいる。

「ああん、健ちゃんに私、気持ちよくされてる。ああん」

「な、なんだよ……口惜しいのかよ」

クンニをやめて明日香の顔を見る。

彼女は潤んだ目をとろんとさせながら、首を振った。

「ううんっ。うれしいの……すごくうれしい……健ちゃんの、すごく気持ちよくて、私……初めてだけど幸せで……」

健気すぎて、叫び出したいくらいだった。

もうだめだ。こんなことを言われたらとまらない。

入れたくなってきた。

だけど初めてって言われると、いいのかと思ってしまう。

ためらっていると、明日香は両手でパチンと健一の顔を打った。

「私も健ちゃんが欲しいから、いいのっ……早く挿《い》入れてよ。ばかぁ」

明日香がカァッと耳まで赤く染めて顔をそむけた。

可愛い、なんて可愛いんだ。

もうためらうことなんてなかった。

明日香の両膝を広げてから腰を送る。

いきりたったモノに右手を添えて、濡れる明日香の狭間に押し当てた。

「い、いくぞ」

何度か切っ先で上下にこするとひっかかる部分があった。

クッと腰に力を入れる。

ブツッと小さい穴がほつれるような感触がして、ズブズブと狭い膣穴にペニスが沈み込んでいく。

つながった。現実なのか。夢じゃないのか。

「ああっ！」

明日香が叫んで、ギュウとしがみついてきた。

「い、痛いか？」

明日香の目を覗き込む。

彼女はめいっぱい首を横に振ってから、汗まみれの顔で柔らかく微笑んだ。

涙がうっすらと浮かんでいる。強がりだとすぐにわかった。

（でも……ああ、俺があすりんとつながってる……）

ずっと追いかけていたアイドルが今、自分のものに……。

「あ、明日香っ」

きつく抱擁しながら、じわりじわりと肉柱を進めた。

熱く柔らかい肉がからみつく心地よさに、ペニスがさらに硬くなる。

だが……やたらとキツい。

少しばかり先端に痛みが走る。

「け、健ちゃん……」

やはり不安を打ち消すことはできないらしく、明日香の顔に怯《おび》えが見えた。

ぴたりと動きをとめて、そのまま抱きしめてじっとした。明日香が「ねえ」と口を開いた。

「大丈夫よ。痛みは引いたみたいだから。少しだけ動かしてみて」

そおっと腰を引き、肉棒をまた沈み込ませる。

「んっ、あンッ」

先ほどとは明らかに反応が違った。

目をつむりながらも、明日香はビクッと震えて甘いよがり声を放つ。

蜜壺《みつつぼ》が締めつけてくる。

鮮烈な刺激だった。

早くも尿道が熱くなってきて、思わず根元までペニスを挿入してしまう。

「んっ……ああっ、あっ……」

明日香のよがり声が漏れた。

感じている。感じてくれている。たまらなかった。

「入ってるよ、明日香の中……」

優しく伝えた。

明日香は眉根をきつく寄せ、つらそうな顔をしながらこくんと頷いた。

「ん、うん……感じるよ。健ちゃんの。すごくあったかくて、硬くて、大きい。興奮してくれてるんだって思うと、お義母さん、うれしくなっちゃう」

「なんだ。母親は続ける気かよ」

「悪い？　だって、こんなエッチな息子を放っておけるわけないでしょ」

どういう理屈だ。

でも恋人で、母親で、アイドルというのも悪くない。

そうだ。あすりんではなく、好きなのは明日香だ。

偶像ではなく、リアルなひとりの女性としての明日香が好きだ。

さらに突き込むと、

「ああんっ……ああっ。いい、気持ちいいっ……健ちゃんっ」

明日香が叫んだ。浅ましく腰まで押しつけだす。肉柱を締めつける力が強くなってくる。

「おおっ」

痺れるような快楽に頭の中がとろけ出す。

こっちも余裕がなくなってくる。

ぬちゃ、ぬちゃっ、と音がするほど突き入れる。密着感がすさまじく、明日香とひとつになったのを実感する。

「ああんっ、だめぇ……」

明日香はせつなそうな声を漏らし、しがみつく腕に力を込めてくる。甘い痺れが全身を貫く。愉悦の波が押し寄せてきていた。

「やばい、俺……」

ガマンできなくて明日香を見た。

泣き顔だった彼女は、急に慈愛に満ちた微笑みを見せてきた。

「いいよ。出して……健ちゃん」

「で、でも……」

「いいの。欲しいの……お願い」

言われて健一は覚悟を決めた。

明日香をギュッとして、猛烈なストロークを開始する。

荒ぶる呼吸と、肉と肉のこすれ会う音。

それだけがふたりを包み込んでいる。

「ああ、ああんっ！　だめっ……私……」

明日香もしがみついてきた。

もっと激しく……と思い、突いたときだった。

膣肉がキュッとしぼられて頭の中が真っ白くなる。一気に堰《せき》を切ったように、明日香の中に射精した。

熱いマグマのような飛沫《ひまつ》が、勢いよく明日香の中に放出されていく。

「ああんっ、スゴイッ……いっぱいっ……ああっ、だめっ……私……」

明日香がしがみついたまま、ガクガクと身体を震わせた。

ペニスが膣奥で脈動し、子宮を打ち叩くようにドクドクと注ぎ込む。

すさまじい快楽で意識がなくなっていく。

やがてようやく射精がとまり、ハアハアと荒い息をしながら、明日香の中から萎《な》えたペニスを抜くと、大量のザーメンが膣から流れ落ちてきた。

(明日香の最初を奪ったのに加えて、しかも中出し……)

罪悪感がすさまじく、しばらく呆然としていた。

そのときだ。

明日香が泣き顔で、

「ありがと、健ちゃん……私の初めて奪ってくれて……うれしかった」

そう言って唇を重ねてきた。

(よかったんだよな、これで……なあ、親父……)

明日香をひとりにはしない。

これからもずっと、母であり、恋人だ。

6

動画配信サイトで明日香が歌っている。

艶やかな歌声が、バラードのメロディを紡ぎあげていた。

「すげえな、インターネットの昨日の配信、もう百万人見てるぞ」

ちらりと隣に座る彼女を見る。明日香は画面を凝視していた。

自分の姿をチェックする真剣な眼差《まなざ》しは、自分よりもずっと大人っぽく見える。

そして……かなり色っぽい。

あれから……。

事務所をクビになり、息子との禁断愛と書かれて週刊誌に追われ……それでもまだファンはついてきてくれた。

そんなとき、高橋が声をかけてくれて、

「しがらみのないインターネットの世界で、アイドルを続けない？」

と、誘ってくれたのだ。

ネットの中なら、事務所の力も、マスコミの力も及ばない。

まだまだ誹謗《ひぼう》中傷も多いが、ネットで動画を配信すれば、次第に登録者も増えてきて、安定した収入が見込めるようになった。

何よりもだ。

明日香がアイドルを続けられることは、うれしかった。

そのうちに、明日香は健一とのことを正直にファンに話すと言っていた。

ファンは減るだろう。

裏切りかもしれない。

それでも明日香は歌いたいと言っている。

「この衣装どう？　エッチでしょ」

隣の明日香が画面を見ながら微笑む。

それだけで、健一は幸せな気持ちになれるのだ。

（親父、悪いな。でもさあ……きっと明日香のこと好きになったのは、親父より
ずっと前からだからさ）

明日香のミニスカート衣装を見ていたら、また股間が昂ぶってきた。

顔をニヤつかせて、ソファの上で明日香に覆い被さる。

「もうするの？」

明日香が驚いた顔をする。

「そりゃ、するさ。何年も前からの想いだからな」

キスをすると、すぐに明日香も受け入れてくれる。幸せだった。

三交社文庫
SEJ-054

義母は未亡人アイドル

2022年6月15日　第一刷発行

著　　者　桜井真琴
発 行 者　岩橋耕助
編　　集　株式会社メディアソフト
〒110-0016
東京都台東区台東4-27-5
TEL. 03-5688-3510（代表）　FAX. 03-5688-3512
http://www.media-soft.biz/
発　　行　株式会社三交社
〒110-0016
東京都台東区台東4-20-9　大仙柴田ビル2F
TEL. 03-5826-4424　FAX. 03-5826-4425
http://www.sanko-sha.com/
印　　刷　中央精版印刷株式会社
装丁・DTP　萩原七唱

定価はカバーに表示してあります。乱丁・落丁本はお取り替えいたします。三交社までお送りください。ただし、古書店で購入したものについてはお取り替えできません。本書の無断転載・複写・複製・上演・放送・アップロード・デジタル化は著作権法上での例外を除き禁じられております。本書を代行業者等第三者に依頼しスキャンやデジタル化することは、たとえ個人での利用であっても著作権法上認められておりません。

※本作品はフィクションであり、実在の人物・団体・地名とは一切関係ありません。

ISBN978-4-8155-7554-0

三交社 艶情文庫

艶情文庫 奇数月下旬 2冊 同時発売！

町の活性化のため催すことになった弁天祭。
準備に奔走するなか人妻たちと淫らな経験を。

人妻弁天まつり

橘 真児

定価 794 円（税込）